翻譯研究

Susan Bassnett 著

林爲正　譯

Routledge
Taylor & Francis Group　授權

五南圖書出版公司 印行

Translation Studies

Susan Bassnett

Translation Studies 4st Edition / by Susan Bassnett / ISBN: 978-0-415-50673-1

目　錄

索　引　　　　　　　　　　　　　　　　　　187

圖表目錄

第四版台灣中譯本專序（原文）①

The little group of people who met in the 1970s to discuss why the study of translation had been so marginalized by both linguistics and literary studies would have been astounded by the growth of the field in the last forty years. Itamar Even-Zohar, James Holmes, Andre Lefevere, Jose Lambert and Gideon Toury were members of the group that coined the term 'translation studies' and sought to promote it in academia. Susan Bassnett then joined the group in 1976, which led to the publication of *Translation Studies*, the first guide to the newly developing field which appeared in 1980.

That little book has now been through 4 editions and continues to be seen as a key introduction to what has become a globally recognized field of study. The rise and rise of Translation Studies has been in parallel with the development of other related fields such as cultural and media studies, postcolonial studies, gender studies, memory studies and, more recently World Literature. Global interest in translation, in the process of translating, in theories of translation and in understanding the role of the translator as rewriter has never been so important. Moreover, there is growing interest in the various agencies of translation, in the role played by publishing houses, news agencies, government policy makers, and distribution mechanisms.

At the same time, what characterizes Translation Studies is the double emphasis on both the macro and micro- aspects of translating. Scholarship in the field considers broad cultural issues and agencies, while at the same time not ignoring the actual mechanics of textual production. There has

① 此序為作者蘇珊‧巴斯奈特教授特別為第四版台灣中譯本所寫，特此申謝。

been a growth of interest in the increasing visibility of the translator, with how translators use paratexts and how they assert their presence in the translated text. Translation Studies is a discipline that demands both close reading and broad cultural and historical knowledge, based as it is upon the premise that all texts are created in one context and are read in another. The figure of the translator, once seen as a marginal second-class writer has been revised so that today the translator is seen as a (re)writer, as a creative artist in his or her own right. After all, it is the translator who acts as the voice of the original writer when that writer's work is transposed into another language.

Translation Studies was one of the first titles in the influential New Accents series, that introduced critical theories to the conservative English literary establishment of the 1980s. The first edition came out in 1980, followed by a revised edition in 1991, a third edition in 2002 and the latest expanded edition in 2014. A glance at the bibliography of the 1980 and 2014 editions shows the enormous expansion of research in the field that has taken place over three decades, and today Translation Studies is no longer a marginal area but a recognized and important subject.

The present translation is greatly to be welcomed, and it is hoped that Taiwanese readers will find the book useful. One of the most exciting developments in Translation Studies has been the expansion of the field beyond its European origins, and the next tent years will surely see a massive expansion of Asian Translation Studies. It is to be hoped that this book can, in some small way, serve that goal, and reach a new generation of readers.

Susan Bassnett

Universities of Warwick and Glasgow, 2015.

第四版台灣中譯本專序之中文翻譯：

　　1970 年代有群人數不多的學者聚在一起討論，為什麼有關翻譯的研究會同時遭到語言學及文學雙方邊緣化；那群人今日若還在世，這個領域過去四十年來的成長，應該會讓他們驚嘆。「翻譯研究」（translation studies）這個詞，是伊塔瑪・伊凡佐哈、詹姆斯 S. 荷蒙斯、安德烈・勒菲弗、荷賽・藍伯特以及吉登・杜瑞等所屬的學者社群所創造，並致力於在學術界裡推廣。蘇珊・巴斯奈特於 1976 年加入這個社群，本書《翻譯研究》的出版，始於此因緣，也是第一本引介這個1980年才出現的新學門的著作。

　　當年那本精簡小冊，如今也進入第四版了，而且一直是這個已獲全世界肯定的研究領域的關鍵入門書。翻譯研究這個學門日益興盛，與之並駕成長的相關領域有文化與媒體研究、後殖民研究、性別研究、記憶研究，以及更新近的世界文學等。全球對翻譯的成果、過程、理論以及了解譯者做為再創作者的角色等的興趣，從未享有今日的重要地位。除此之外，對於各種譯案仲介，以及出版公司、新聞、政府決策制定單位與行銷機制等的興趣，也日漸高升。

　　在此同時，翻譯研究還呈現一個特性：同等重視翻譯活動的宏觀與微觀的各個面相。這個領域的學者著眼於廣闊的文化議題以及媒介，同時也不忽視文本產生的實際機制。對於譯者可見性增加的興趣，也有進一步成長，著眼的是譯者如何運用類文本[②]，以及他們如何在譯文裡彰顯自身的存在。翻譯研究這個學門，既要求細讀工夫，也要求具備廣泛的文化素養；這點所根據的是：一切文本都是在某一脈絡中產生，並在另一個脈絡裡被閱讀。譯者的形象曾一度是位處邊緣的次等作者，這種觀念已被修正，今日譯者的形象是「再」創作

[②] 即 paratext。

者，是名正言順的創意藝術家。畢竟原作者的聲音若要以另一種語言來現身，終需運用譯者的喉舌來演出。

《新聲代系列》（New Accents series）這個影響重大的叢書，在1980 年代將批評理論介紹給保守的英文文學界，《翻譯研究》是開山系列之一。1980 年第一版問世，1991 年出了修訂版，2002 年出第三版，最新近的擴增版則出版於 2014 年。瀏覽 1980 與 2014 兩版的書目，可看出三十年來這個領域的研究，已開拓出一片遼闊的天地；今天翻譯研究不再是個邊緣領域，而是受認同而重要的主題。

很高興本書有這個新譯本，也希望台灣讀者覺得它對大家有所助益。翻譯研究的成長裡有個發展極爲振奮人心，那便是該學門走出它發源的歐洲；往後十年，相信會是亞洲翻譯研究大放異彩的時代。謹希望本書能爲此略獻芹力，並接觸到新一代的讀者。

蘇珊・巴斯奈特
2015 年於華威大學暨格拉斯哥大學

譯者序

本書可謂以最少的篇幅，談最多的內容；

是認識翻譯這個關鍵重要的人類活動的終極教材；

但對於想進一步發展以翻譯爲主題的學術生涯的學生，

本書亦是最有用的入門書。

翻譯要學什麼？翻譯要教什麼？

　　本書是有關翻譯的教科書，因此，我想在這裡談談對這個領域與教學相關最核心的兩個互爲表裡的問題。但要解答這對孿生問題，卻必須把另一件事放在脈絡裡，才能有最適切的答案：學習外語的眞正用處是什麼。

　　目前國內談到外語課程該包含的元素，都會提到「聽、說、讀、寫」這四者。其實這裡應該再加上一個「第五元素」：它涵蓋這四者；它是非母語人士學習外語最主要也最重要的原因，那就是「翻譯」──但我指的是廣義的翻譯。

　　英語或外語學習近年來成爲全國性的運動，最終目標不外乎期望（實是奢望）精通外語。大家總覺得，外語能力就像存款簿裡的數字一樣，越大越好。但是時間資源畢竟有限，即便多年全時投入，終究在口音、語法文法反應上，不如具國民基本教育程度的母語人士，而世上還有如此多的專業知識需花工夫。更何況有多少人學習外語，是因爲可見的未來該語將成爲他們必須使用的主要語言？那麼我們將這麼多時間金錢，投入這必然事倍功半的事情上，豈非不智？

　　因此學習外語的眞正的目的與意義到底是什麼？便是大家必須要先問自己的問題。其實，涉入外語的程度，無論是從僅僅偶爾使用、查查外語資料的一端，到移民異邦，成爲日常使用語言的另一端，學

習外語，最具意義的目的，都是做爲兩個世界的橋樑。非母語人士的外語能力之所以比該外語的母語人士更有用，都是因爲前者能使用兩種語言，了解兩個世界。若要做爲一個優良的溝通管道，自然要對這個主題要有更深、更廣的了解，就如同外文系總有西洋文學概論及文學導讀這兩門課一樣。

那兩個問題的答案，顯然應該跨越最狹義層面的文字轉換，將這項人類文明裡具關鍵重要性的人類活動，納進一般教育的內容裡，至少在人文類學門的大學教育裡如此。而翻譯該教、該學的，應該不是只有一門狹義層面的文字轉換的練習類的語訓課程而已，還要加上對這個活動的了解與知識的翻譯研究。

為什麼要研究「翻譯研究」……

Translation Studies 一名之譯

Translation Studies 一名之中譯，是個典型的譯難之例：看似理所當地易，卻無法解決地難。重點在於英文原的外顯複數字尾，這個詞較當時另一個競爭對手 translatology（姑且譯爲「翻譯學」）更受採用的原因也在於此。因爲複數彰顯了這個學門的多元性，無法一統於某個單一理論架構下。就中文而言，「翻譯研究」與「翻譯學」之對比與英文二者的差異則另有異趣。就中文來看，「翻譯研究」更能包涵實務在這個學門中與理論並重的地位，不似「某某學」之說法，暗示以學理爲主而實務爲輔、爲從。

因此，Translation Studies 從英語世界進入了中文世界成爲「翻譯研究」，就已經開始轉變、move on，如後面論「返譯」所顯示的一般。

文化譯觀與「信、達、雅」

　　通觀東西方兩千年來的翻譯活動，我們才發現，這個存在已久的活動，是如此多元，絕非僅止於文字轉換，而存在於我們心靈與思考的每個環節。更深層的議題是，在現實世界裡，不同語言間原本就沒有客觀、全然的轉換，只能或近或遠，依主觀設定的脈絡來呼應。全然的翻譯的可能，猶如火星表面著名的猴面山與火星是否有高度文明一樣，純屬巧合，可遇而不可求。在這個前提下看翻譯，才能理解其多元與脈絡界定的本質，而這兩個本質，都讓修習翻譯，不能只有文字練習。

　　嚴復在一百多年前為了他所譯的天演論所寫的譯例言，提出「譯事三難信達雅」之說[1]，開啟了現代中文翻譯在理論方面的關注，其規模之恢宏洶湧，幾乎是前所未有的。信達雅的三難理論，本身也許未必全然創新，但其影響卻是開創新局：中文世界的翻譯活動起步得甚早，也有大師發表看法，但這是首次為了翻譯的譯題，以如此規模及深度來爭論，至今餘波蕩漾；雖然時常淪為各家自抒己見，而與嚴老無關，但倒也非徒勞，因為這讓中文世界在翻譯理論這個重要領域，智士譯家各自就地掘寶，開發新天地。Ironically[2]，嚴譯之《天演論》，甚至他所做的一切譯作的總合，其影響力恐怕都不及三難之論的這一句話。

　　三難之說，並非答案，更非守則，絕非定律。姑且不論其觀點本

---

[1] 嚴復以文言行文，故此處不加標點。

[2] 此處刻意採用英文 ironically，只為了後設地展示翻譯之難。此字常被譯為「諷刺地」之類的意思。但 ironically 與「諷刺地」除了表達實況恰好反預期之常理而發生之意，有雷同之處，ironically 常常更有感嘆造化弄人的無奈，甚至對所涉之人事感到婉惜。反觀「諷刺地」，此說就算無譏刺之意思，恐怕冷眼旁觀的立場是確定的，而這絕非 ironically 的語調了。我對於嚴老的譯作，自然只有婉惜它們未受應有的重視，絕無意暗示嚴老對中文譯史的貢獻，竟不如三難一句而已，故委實不能用「諷刺地」。

身的對錯、價值與局限，他的觀點這一個世紀以來，你同意也好、不同意也好、不予置評也好，總有話要說、總必須有話可說。此外，「信、達、雅」似乎已不只用在翻譯追求的境界上，以它為標準，拿來要求為文做人，似乎都十分中肯。這是因為它發展自中文文化的核心價值觀，即儒家思想的價值觀。正如同書中一個比喻所陳示，文化與文字的關係是身體與心臟的關係，因此，一者的脈動便完全牽制，或該說牽動，另一者了。「三難之說」現象，明白展示了文化在翻譯中的地位與作用。換句話說，只要是使用中文，就會或深或淺在某個層面受它牽動。

「翻譯研究」入門列入通識課程

二十世紀初嚴復提出的譯事三難之說，其影響與回應已顯示中文文字背後的中文文化，對於中文母語者進行翻譯時，無形而深遠的影響。但是哪種文字背後的文化不是對其母語使用者產生一樣的影響呢？二十一世紀網路鋪天蓋地發展，任何語言都可能與另一個語言接觸而發生各種形態的翻譯，並在這錯綜無垠的世界裡找到立身之所；因此，對翻譯的認識與了解，是了解自身文化的地位、潛力與發展，極為重要的基本知識；它應該成為一門通識，就像任何人都需具備通識的自然社會學科的知識一般。

有關本書之翻譯

談翻譯的書，必然會有許多從各種語言進出中文的譯例。本書自然也是如此，書中任何外文文本，無論是英語或其他語言，都提供中文翻譯，好讓任何背景的讀者都能得到最大收穫。不過這裡所涉及的狀況有兩種，一種是返譯（back translation），一者則是中外對照。相似，卻大有不同。

關於返譯

　　翻譯必然牽涉兩種語言，如此一來，對於單語讀者，便有「返譯」（back translation）的需求。所謂「返譯」（back translation），是特指為了讓單語讀者能了解翻譯過程中的變化，將原文或譯文之中非讀者母語的一方，以讀者母語直譯之。主要著眼處，在於文字或文化系統上有不相通之處[3]，好呈現翻譯前後發生了什麼變化，輔助讀者理解譯論的內容。例如書中翻譯簡史的文藝復興一節，便有一例。原文為義大利文如下：

　　Rotta è l'alta colonna e'l verde lauro
　　Che facean ombra al mio stanco pensero;

原書作者先為其英語讀者返譯為：

　　(Broken is the tall column [Colonna] and the green laurel tree [Laura]
　　That used to shade my tired thought)

接著再提供所要討論的譯例：

---

[3] 又如語法與句法之差異，法文的形容詞常為後位修飾，英文則否，因此法譯英作時，勢必字序有所不同，對於僅諳英文而未習法文之讀者，僅列外文便無甚助益，但若將這些外文段落返譯為中文，則可利用中文看出翻譯過程中文本所受之調動與變化。

在談不可譯性的章節裡，作者舉了一個德語例子：

Um wieviel Uhr darf man Sie morgen wecken?

此例重點在談英、德語語序的差異，本文便以中文直譯為「大約多少點鐘准許你她早晨叫醒」，這個中譯的語序顯然怪異，但它是德語字面的順序，在不諳德語的英語人士讀來，大概跟中文讀者讀此中文直譯感受相仿。

The pillar pearished is whearto I lent;

The strongest staye of myne unquyet mynde:

如此一來，不諳義大利文的英語讀者，便可看出，英文譯本譯者在用詞上做了什麼調整，以及詩體格式在翻譯中做了什麼變化。當然，對於中文母語讀者，兩者皆屬外文，本書便皆提供譯本。但是前者的英文返譯便逕以其中文直譯代之，後者則提供翻譯並列於英譯之下，如此不諳英文的中文讀者可從此下列二者之對照：

斷裂是那高柱〔即 colonna〕，而翠綠的桂樹〔即 lauro〕
曾以綠蔭遮蔽我疲憊的心靈

我倚靠的巨柱倒下，
那是我不安心靈最堅強的倚靠

了解書中討論其翻譯過程中之議題的論述。

「返譯」耐人尋味之處

「返譯」有個極為弔詭的價值：它明明白白顯示，翻譯只能是一去不返的旅程，一條通往未來文明的單行道；翻譯絕非返途。無庸證明大概大家都能料到，若將該英譯交給任何諳義大利文的譯者譯回義大利文，幾無可能再一模一樣回到佩版的文字。譯入的新世界裡一切的因素，都會讓文本改頭換面；唯有如此，文本才能以重生的方式存留。返譯只在教科書這個無菌試管中，供輔讀之用。

以供對照為目的的翻譯

　　此外，討論翻譯，原文或譯文必然至少有一者非撰寫論文的語言，往往兩者皆非。本書中所論之譯例所涉語言，除今日歐美語言，甚至還有拉丁文、美洲原住民語言以及其他古代語言。在這種情況下，若遇讀者母語以外的語言，不諳這些語言的讀者只能看到討論，卻不知所論的例文是什麼，甚是可惜。因此，本書儘量提供中譯，讓翻譯過程中的變化，能在原文、譯文都以中文呈現的語內轉換過程中，彰顯所論的翻譯現象與本質。

　　在談文學翻譯的一本多譯現象時，所舉例證多為大家巨作，本書之中譯，僅儘量做到讓讀者差可比擬地體會那些外文的原文、譯文模樣，撒鹽擬雪罷了，純為助讀，作參考、輔讀之用；譯筆拙疏，尚請包涵。

第四版序

1980年本書問世時，似乎沒有什麼人對翻譯的研究有興趣。的確，以翻譯的理論與實務為著眼點，而能成為獨立領域的念頭，或者換個說法，自成一家的學門，在當年會遭斥為荒誕。譯者訓練的課程，大半開設在英語世界之外，為企業及工業提供專業課程，但翻譯並非主流的大學課程主題，就算有傳授的課程，也是外語學習的附庸。

今天，世界已然變遷。1980年代晚期以及1990年代早期的幾場劃時代變革，包括共產主義崩潰、前蘇聯瓦解、中國對世界開放、南非種族隔離結束，讓千千萬萬人口向地球各處流動。國際旅遊更加便利而成本更低廉，也助長人口移動，於是今日大部分的社會都是多語而複文化，這種狀況，才幾年前是無法想像的。

1980年代這十年，是如今大家稱之為「翻譯研究」這個學門，從羽翼漸豐到振翅高飛的年代。它在1970年代後期登上世界舞台，此時逐漸為世人認真對待，不再被視為次等探索活動的不科學領域。1980年代，世人對翻譯理論與實務的興趣穩定成長。接著，在1990年代，翻譯研究終於自立門戶，在這十年裡擴及全球。翻譯曾經遭視為邊緣活動，逐漸被視為人類交流的基礎行為。今日，在二十一世紀，世人對這個領域的興趣再攀高峰，對翻譯所進行的研究，也跟著全世界翻譯活動的增加而增加。

1990年代電子媒體爆增，掀起全球化的巨浪，凸顯了跨文化溝通的議題。人們不但必須透過資訊革命以增加跟世界流通，同時也迫切需要更了解自己的出發點是什麼。因為全球化有其相反的面相，這點有端倪可見：世人又重啟對於文化起源與身分認同議題的探索興趣。翻譯在了解日益區隔化的世界，扮演關鍵角色。正如愛爾蘭學者麥克‧克隆寧（Michael Cronin）指出，譯者也是旅者，從一個源頭旅

行到另一個源頭。二十一世紀看來肯定是個旅行的好年代，不只跨越空間，也跨越時間。[①]值得注意的是，1970年代翻譯研究的主要發展之一，是探索不同文化的翻譯歷史，因爲細究翻譯如何幫助我們塑造自身過去的知識，讓我們更有能力塑造自己的未來。

對於翻譯的興趣，到處可見。過去三十年間，大量談論翻譯的書籍，持續穩定出版，新的翻譯研究期刊不斷創辦，而國際性專業組織也一一設立，例如歐洲翻譯公會（European Society for Translation, EST）以及翻譯暨跨文化研究國際協會（International Association for Translation and Intercultural Studies, IATIS）等。[②]如今有好一些翻譯研究的百科全書、手冊以及指南問世，同時還有眾多讀本與選集，其中不少收錄小型絕版期刊中的研究成果，讓新一代的讀者也有緣受益。例如在1972年首先提出「翻譯研究」（translation studies）一詞的詹姆斯‧荷蒙斯（James Holmes），他的重要研究成果，如今廣爲流傳。從香港到巴西、蒙特婁到維也納，大學裡開設新的翻譯相關課程，更進一步證明，國際各處已廣泛對翻譯研究產生興趣。二十一世紀看不出這個興趣有減緩的趨勢；非但如此，這更顯示，全球各地開始盛大展開重新評估翻譯在今日世界及過去歷史的影響。

對翻譯現象的探索，如火如荼展開，可想而知的是，任何這類的發展不會是一體同質，勢必產生不同派別與潮流。我們自然不意外，到了1990年代，大家對翻譯不再有共識。然而隨之而來的是百家爭鳴，並且在世界各地延續至今。在1980年代，恩斯特-奧古斯特‧葛特（Ernst-August Gutt）的切題理論（relevance theory）、凱瑟琳娜‧萊斯（Katharina Reiss）與漢斯‧魏密爾（Hans Vermeer）的目的理論（skopos theory）以及吉登‧杜瑞（Gideon Toury）的類翻

[①] Michael Cronin, *Across the Lines: Travel, Language, Translation* (Cork: Cork University Press, 2000).

[②] 中文名稱為譯者暫譯。

譯（pseudotranslation）研究，全爲探索翻譯提供新路徑；而1990年代，蒙娜·貝克（Mona Baker）提倡的以語料庫爲基礎的翻譯研究，另闢迴異之探索豁徑，至今依舊蓬勃發展。一點也沒錯，儘管電腦翻譯的探索，曾有段徒勞無功的歲月，如今翻譯與新科技之間的關係的重要性，已不容忽視，而且所有跡象顯示，未來只可能更加重要。視聽媒體翻譯、網際網路翻譯、新聞翻譯以及政治對話的翻譯等等，全是當今快速成長的翻譯研究領域。然而，儘管方法與角度多樣化，大半翻譯研究有個共同特色，那就是強調翻譯的文化層面，強調翻譯活動發生所在的脈絡。翻譯一度被視爲語言學的旁枝，如今被視爲跨學門的研究，而語言與生活方式間不可分割的關聯，已成爲學術研究的關注焦點。

　　直到1980年代，大半翻譯研究的入手角度明顯分爲兩類，若非傾向文化，便是傾向語言學；然而這個分野在逐漸消失，部分原因是語言學已有所改變，更直接採取文化轉向，部分原因是那些提倡研究翻譯要根植於文化史的學者，不再急於辯解。在翻譯研究自立門戶初期，其創立諸賢同時與語言學界及文學界劃清界線，他們聲稱：語言學界未能納入各脈絡間各個更廣闊的象限，而文學界則執著於做出無謂的評價判斷。一般皆認爲，有關翻譯的研究，務必要脫離比較文學或語言學的簷下，疾呼翻譯研究必須自立門戶之聲，此起彼落。如今以這類先天下之憂而憂的姿態已顯得老派過時，翻譯研究已步上正軌，更擅於向別的學門借取以及回饋技術及方法。許多以語言學爲本的翻譯學者的斐然成果，已做出許多貢獻拆除學門之間的藩籬，幫助翻譯研究脫離衝突四伏的困境，這些人物如蒙娜·貝克（Mona Baker）、羅杰·貝爾（Roger Bell）、貝索·哈汀（Basil Hatim）、伊恩·梅遜（Ian Mason）、克斯登·莫克賈（Kirsten Malmkjaer）、凱瑟琳娜·萊斯（Katharina Reiss）、漢斯·魏密爾（Hans Vermeer）以及沃夫蘭·魏爾斯（Wolfram Wilss）等，這只是最著名裡的其中幾位。此外，J. C.凱弗得（J. C. Catford）、麥克·郝勒戴（Michael

Halliday）、彼得・紐馬克（Peter Newmark）以及尤金・奈達（Eugene Nida）等學者的重大成就，我們也不應忘記，他們的研究雖始於翻譯研究尚未發展成足以獨當一面的學門之前，實則為此學門奠定自立的根基。

文學角度的研究也脫離了早期且更菁英式的翻譯觀。正如《英文翻譯中的文學：牛津指南》（*Oxford Guide to Literature in English Translation*）的編輯彼得・法蘭斯（Peter France）指出：

> 理論家與學者心中的企圖，遠比僅判定好與壞更為複雜；例如，他們用心於梳理出譯者可能有的不同譯法，並關注這些方法會如何依其歷史、社會、文化背景而改變。[3]

更新、更多的研究成果，反映此一企圖，因為隨著翻譯研究的探索增加而歷史資料更容易取得，一系列重大議題也開始有人提出：翻譯在文學正典形成裡扮演什麼角色，譯者為何採取某翻譯策略以及某一時空裡何種常模（norm）盛行，譯者的論述，翻譯帶來的衝擊要如何測量，以及最近浮現的，翻譯的專業道德為何。

也許最振奮人心的趨勢是，翻譯研究這個學門的疆界拓展到歐洲以外了。在加拿大、印度、香港、中國、非洲、巴西以及拉丁美洲，學者與譯者所關注的事情，與歐洲大異其趣。更多關注放在翻譯關係的不平等，例如蓋亞崔・查拉弗地・史畢伐克（Gayatri Chakravorty Spivak）、特嘉斯溫尼・尼朗札納（Tejaswini Niranjana）及艾瑞克・查菲茲（Eric Cheyfitz）等學者，便提出下列論點：翻譯在過去便有效地被用做殖民統治的工具，用來剝奪被殖民者自己的聲音。在殖民關係模型裡，一個文化獨尊，其餘則臣服，而翻譯則強化此一權力階

---

[3] Peter France, "Translation Studies and Translation Critism," in Peter France (ed.), *The Oxford Guide to Literatuer in English Translation* (Oxford: Oxford University Press, 2000), p. 3.

級。正如阿奴拉達‧丁威奈（Anuradha Dingwaney）所說：

　　翻譯文化的過程，涉及將另一個文化處理成可以理解的形態，這必然帶來不同程度的暴力，特別當被翻譯的文化被建構成「別人」的文化。④

在1990年代，兩個相反的譯者形象浮現。譯者的角色從一方來解讀是善的力量，是位創意藝術家，保證文字能歷經時空而長存，是位跨文化的媒介及詮釋者，對於文化的延續及融合，這個人物的重要無法估計。從相對的角度來解讀，翻譯是高度可疑的活動，在文本產生的機制裡，反映出權力關係的不平等（經濟、政治、性別及地理上的不平等）。如瑪哈隋塔‧森古普塔（Mahasweta Sengupta）所言：

　　瀏覽在西方什麼樣的印度形象及其文化最為暢銷，便能找到大量的證據，佐證代表形象的束縛力量；我們一直受困於翻譯文本所製造並助長的各種文化刻版印象。⑤

　　二十一世紀翻譯學術界繼續強調，翻譯過程中這個不平衡的權力關係。在過去幾個世紀裡，這個不平等呈現在原作優越而複本低劣的說法裡，今日這個關係從其他觀點來考量，最貼切的說法便是後殖民主義。與印度、中國、加拿大翻譯學者令人振奮的研究同時進行的，

---

④ Anuradha Dingwaney, "Introduction: Translating 'Third World' Cultures," in Anuradha Dingwaney and Carol Maier (eds), *Between Languages and Cultures Translation and Cross-Cultural Texts* (Pittsburgh, Penn. and London: University of Pittsburgh Press, 1995), p. 4.

⑤ Mahasweta Sengupta, "Translation as Manipulation: The Power of Images and Images of Power" in Anuradha Dingwaney and Carol Maier (eds), *Between Languages and Cultures Translation and Cross-Cultural Texts* (Pittsburgh, Penn. and London: University of Pittsburgh Press, 1995), p. 172.

是奧大維歐‧帕茲（Octavio Paz）、卡洛斯‧馮堤斯（Carlos Fuen-
tes）以及亞古斯多‧得‧坎坡斯（Augusto de Campos）及哈洛多‧
得‧坎坡斯（Haroldo de Campos）等作家，呼籲要替翻譯下新的定
義。值得注意的是，這些作家都來自南美洲的國家，都在進行重新評
估自身的過去。他們在重新思考翻譯之意涵與角色時，以殖民經驗做
為平行對照。正如殖民行為的模式，建立在優越的文化占有低劣的文
化的概念上，因此原作永遠優於其「複本」。因此翻譯相對於原作，
永遠居於卑下的地位，因為它被視為前者的衍生物。

　　從新近、後殖民時期的觀點來看原文與譯文的關係，這個地位上
的不平等受到重新思考。如今，原作與翻譯都被平等視為作家與譯者
以創作力製造出來的產物，雖然兩者的職責，如帕茲指出，並不相
同。文字要以何種精確、不可變動的形式呈現，是作家的工作，但是
譯者的職責是將文字從原文語言的禁錮中解放，好讓它們能在它們所
譯入的語言裡重生。[6]結果昔日的論點，即要忠實於原作的需要，開
始瓦解。在巴西，文本消費有同類相食理論於1920年代提出，重新建
構成觀察譯者的角色的新觀點，翻譯便以這個具體的比喻來觀察，強
調譯者的創作力以及其獨當一面的性質。[7]

　　如今各族群全球遷徙，若說這正呼應翻譯本身的過程，誰曰不
宜，因為翻譯不只是把文本從一種語言傳送到另一種語言，如今可以
合情合理的視之為文本之間與文化之間的協商，在其過程中，進行各

---

[6] Mahasweta Sengupta, "Translation as Manipulation: The Power of Images and Images of Power"
in Anuradha Dingwaney and Carol Maier (eds), *Between Languages and Cultures Translation and
Cross-Cultural Texts* (Pittsburgh, Penn. And London: University of Pittsburgh Press, 1995), p.
172.

[7] Octavio Paz, "Translation: Literature and Letters," transl. Irene del Corral, in Rainer Schulte and
John Biguenet (eds), *Theories of Translation: An Anthology of Essays from Dryden to Derrida*
(Chicago, Ill.: University of Chicago Press, 1992), pp. 36-55.

種取捨，由譯者這個人物來居中處理。值得注意的是，文化歷史學家侯密・巴巴（Homi Bhabha）所使用的 translation〔翻譯〕一字，並不是拿來描述兩個文本及兩種語言間的交易，而是使用它字源上的意義：從一個地方運送到另一個地方。他以比喻的方式使用translation描述當代世界的狀況，在這個世界裡，每天都有成千上萬的人移民並改變所在地。在這樣的世界裡，翻譯是基本要求：

> 我們應該記得，是inter〔兩者之間〕——即翻譯與協調的銳利邊緣、兩者之間的空間——在承載文化意義的重擔。⑧

非歐洲學者所建構的翻譯理論，有許多是以三個一再出現的策略為核心：重新界定忠實與等同的術語、強調重視譯者的可見性、把關注轉移到翻譯也是創作行為的方向。譯者被視為解放者，將文本自其原作原形裡的固定符號系統釋放出來，讓譯文不再臣屬於原文，而且明顯可見地設法跨越原作作者暨原文以及最終譯文讀者之間的空間，並加以連結。這個修正過的觀點，強調翻譯的創作性，其中所顯現的是更為和諧的關係，而不像先前的模型在譯者裡看到暴力形象，如「竊取」、「攻破」或「占有」。後殖民主義研究翻譯的觀點，則是視語言交換之本質為往返對話，其過程發生的空間，絕非僅屬於原作或譯作任何一方。伐納瑪拉・維斯瓦納塔（Vanamala Viswanatha）與雪莉・賽門（Sherry Simon）主張，「翻譯為殖民及後殖民背景裡文化認同形成的變化機制，提供了啟發性十足的切入點」。⑨

直到1980年代末，伊塔瑪・伊凡佐哈（Itamar Even-Zohar）及吉登・杜瑞（Gideon Toury）著眼系統的方法，主導了翻譯研究。複系

---

⑧ 有關同類相食理論的討論，請參閱Susan Bassnett and Harish Trivedi (eds), *Postcolonial Translation: Theory and Practice* (New York and London: Rougledge, 2000).

⑨ Homi Bhabha, *The Location of Culture* (London and New York: Routledge, 1994), p. 38.

統理論（polysystems theory）是個改轅易轍的發展，因為它把關注的焦點，從爭辯忠實與等質的徒勞論戰抽離，轉向翻譯文本在新環境裡所扮演的角色。值得注意的是，這開啓後人探索翻譯史的路徑，也因為這個理論，翻譯做為文學發展史裡改變與創新的力量的重要性，受到重新評估。

　　在1995年，吉登・杜瑞出版了《描述性翻譯研究及其展望》（*Descriptive Translation Studies and Beyond*），此書重新評估複系統方法，許多學者不表苟同，因為它過分重視目標系統（target system），即譯文所在的系統。杜瑞堅信，既然譯本的編撰，主要是要滿足目標文化的需求，那麼以目標系統做為研究對象也是合情合理。他同時指出，有必要建立翻譯行為的規律模式，以便於研究常模（norm）成形及運作的方式。杜瑞明明白白反對，翻譯研究的目的在於改善翻譯的品質：理論家有他們的企圖，而實務操作者有不同的責任。儘管杜瑞的觀點並未獲舉世認同，但卻廣為接受，值得注意的是，在1990年代，有大量的研究處理翻譯的各種常模，並且對翻譯研究的嚴謹性有更高的要求。

　　複系統理論填補了1970年代，在語言學與文學研究所之間出現的缺口，並為嶄新的跨領域翻譯研究，提供建立的地基。複系統理論的主軸是強調目標文化的文學觀（poetics）。它還暗示，翻譯行為發生的狀況應該有辦法預測，同時也可以預測屆時會採用什麼樣子的翻譯策略。為了確認這個假設是否有效，並建立基礎原則，有必要進行涵蓋不同時代的個案研究，因此後來所謂的對翻譯進行的描述性研究，由是而生。翻譯研究漸漸走到純屬自己的獨特領域，開始研究自身的族譜，想辦法確立自己在學術界裡的獨立性。

　　以前強調原文與譯文之比較，通常著眼於確定什麼在翻譯過程中「喪失」或「違背」，如今新的研究方法採用截然不同的路線，並不企圖評價，而是想了解文本從一個文學系統移入另一個系統的過程中，其重點發生了什麼移轉。複系統雖僅著眼於文學翻譯，不過依據

更廣義的概念來運作，也涵蓋廣泛的文學產物，包括配音與字幕、兒童文學、通俗文化與廣告。

　　經由一系列的個案研究，研究涵蓋的範圍日廣，導致這群以複系統角度鬆散地歸成一派的翻譯研究群體，終於各立門戶。有些如西奧‧赫門斯（Theo Hermans）與吉登‧杜瑞（Gideon Toury），致力於理論與方法學的範疇之建立，好讓此學門能在其中發展；其他如安德烈‧勒菲弗（André Lefevere）及勞倫斯‧韋努堤（Lawrence Venuti），則開始探索在更廣闊的文化與歷史架構裡，翻譯與什麼議題會有關聯。勒菲弗先發展他的翻譯概念，即翻譯為折射而非反映，這個新模型，更複雜於舊者的看法，即翻譯如原作在鏡中的映照。他的翻譯觀，本質上便排斥任何翻譯過程為直線進行的概念。他認為，文本必須被視為一群複雜的指涉系統，譯者的職責是將其中能處理的，加以解碼並重新建碼。[10]勒菲弗也注意到，大部分翻譯理論的建構，根據的實務都是歐洲語言之間的翻譯，他指出，一旦跨出西方的範疇，語言與文化代碼的難解問題，將會激增。在他晚期的研究裡，勒菲弗經由翻譯的比喻用語，將其關注拓展至探索他所謂的，局限作家與譯者的概念性及文本性框架，他認為

　　翻譯活動中產生的問題，固然來自語言的差異，卻至少有相同程度是來自概念性與文本性框架的不同。[11]

　　這些文化框架決定現實世界如何在原文與譯文中建構，譯者操作

---

[10] Vanamala Viswanatha and Sherry Simon, "Shifting Grounds of Exchange: B.M. Srikantaiah and Kannada Translation," in Susan Bassnett and Harish Trivedi (eds), *Postcolonial Translation: Theory and Practice* (London and New York: Routledge, 1999), p. 162.

[11] 請參閱André Lefevere, *Translation,Rewriting and the Manipulation of Literary Fame* (London and New York: Routledge, 1992)。

這些框架的技巧，將決定成品成功與否。勒菲弗認為，這些框架，發展自皮耶·波何都（Pierre Bourdieu）的文化資本概念，凸顯了譯者的創作力，因為譯者無可避免地涉入複雜的創作過程。

韋努堤提出類似看法，堅信譯者必須有創作力，譯者在譯文中必須可見其存在。[12] 譯者可見度的研究席捲1990年代，整體而言，甚至可以在這個主題的研究領域裡，視為自成一格的發展派別。在韋努堤看來，由於翻譯對原文譯文文化雙方都負有忠實之責，翻譯「提醒我們，沒有任何詮釋可以視為定本」。[13] 翻譯因此是個危險的行為，有潛力顛覆破壞，而且永遠別有所指。在1990年代，顛覆破壞的譯者形象，被操縱的譯者所取代，那是一位有創作力的藝術家，調合不同文化與語言。蘇贊·吉兒·樂梵因（Suzanne Jill Levine）這位拉丁美洲小說的翻譯家在她1991年出版的那部重要著作裡，[14] 戲謔地將自己形容成「搞顛覆破壞的寫作者」（subversive scribe），這個形象預告了韋努堤眼中的譯者，一個文化演變的強大媒介。[15]

樂梵因的書還顯示翻譯研究另一條探索的路線，其關注在於譯者的主觀性。翻譯研究學者如韋努堤（Venuti）、道格拉斯·羅賓遜（Douglas Robinson）、安森尼·平姆（Anthony Pym）以及瑪麗·史奈爾-宏比（Mary Snell-Hornby）等，以及寫文章談論自己實務的譯者如提姆·帕克斯（Tim Parks）、彼得·布希（Peter Bush）、芭芭拉·哥達（Barbara Godard）以及伐納瑪拉·維斯瓦納塔（Vanamala Viswanatha）等，全都曾以不同方式，強調譯者角色的重要。這個新

---

[12] André Lefevere, "Composing the Other," in Susan Bassnett and Harish Trivedi (eds), *Postcolonial Translation: Theory and Practice* (London and New York: Routledge, 1999), p. 76.

[13] Lawrence Venuti, *The Translator's Invisibility: A History of Translation* (London and New York: Routledge, 1995).

[14] Lawrence Venuti, *The Scandals of Translation* (London and New York: Routledge, 1998), p. 46.

[15] Suzanne Jill Levine, *The Subversive Scribe* (Saint Paul, Minn.: Graywolf Press, 1991).

近對主觀性的關注，衍生自兩個迥異的影響：一方面是翻譯之專業道德研究的重要性日增，另一方面是更多關注投入在更廣泛的翻譯哲學議題。賈克・德希達（Jacques Derrida）重讀華特・班雅閔（Walter Benjamin），讓重新評估翻譯的重要性，不只在於翻譯是溝通的形式，更在於它是延續的形式，此角度讓多少相關研究，如洪水決堤般席捲學界。[16]翻譯，如所主張，確保文本的存活。翻譯形同文本的來生，在另一種語言裡新的「原作」。這個正面觀點，恰可佐證翻譯活動做為跨文化以及跨時間溝通的重要性。喬瑟芬・巴默（Josephine Balmer）在她所譯的古希臘女詩人詩集那篇發人深省的序裡提到，[17]如果沒有翻譯，誰又有辦法閱讀古代希臘為人遺忘的女詩人？

　　對於1990年代翻譯研究的發展，最中肯的看法是，一系列新結盟的建立，匯集翻譯的歷史、實務與哲學與其他學術潮流。翻譯研究與後殖民研究的各種連結，可代表這一類的結盟，正如翻譯研究與語料庫語言學的各種連結。還有另一結盟也值得注意，翻譯研究與性別研究（Gender Studies）。因為語言，正如雪莉・賽門指出，不只是單純反映現實，語言還會干擾意義的塑造。[18]譯者直接涉入這個塑造的過程，無論他們處理的文本是指導手冊、法律文件、小說或古典戲劇。正如性別研究不避禁忌地檢視正統化傳統形成的過程，以挑戰單一而統一的文化概念，翻譯研究經由其許多結盟學門，探索文本從其原文文化傳送到譯文文化的過程中發生了什麼事。關於重評翻譯的重要性，美國比較文學學者貝拉・布洛茲基（Bella Brodzki）的論點可謂發聵振聾。布洛茲基在她的著作《枯骨能否回生？》（*Can These*

---

[16] Jacques Derrida, "Des Tours de Babel," in Joseph F. Graham (ed.), *Difference in Translation* (Ithaca, N.Y.: Cornell University Press, 1985).

[17] Josephine Balmer, *Classical Women Poets* (Newcastle upon Tyne: Bloodaxe Books, 1997).

[18] Sherry Simon, *Gender in Translation: Cultural Identity and the Politics of Transmission* (London and New York: Routledge, 1996).

Bones Live?, 2007）裡，將翻譯與文化記憶研究結合，她認為翻譯深植於鋪天蓋地的社會與政治網絡之中。她進而主張，翻譯簽訂所有的文化交易，「從最善意到純為牟利的」，並補充，正如我們無法再忽視性別在各式各樣領域裡的衝擊，我們也應該承認翻譯具有相同的影響力。[19]

　　過去二十年來，連結各種不同研究翻譯方法的幾條共享路線是：強調多樣性；反對舊時代的翻譯術語，如忠實、背叛原作等；凸顯譯者所握有的操縱力量；以及翻譯是在原文譯文間建立連結橋樑。對此居中身分的推崇，翻譯領域之外的學者亦同，這反映出我們所處世界的本質不斷在改變。昔日，非此亦非彼的中間地帶，沒有明確身分的無主國度，被視為不安全也不合宜的安身立命之所。今日，二十一世紀，政治、地理、文化等的疆界，在世人眼中，比近代歷史上任何時候，都要更浮動、更無約束力，而跨越這些疆界遷徙的人口與日俱增。在這樣的世界裡，譯者的角色具有更大的影響力。正因如此，翻譯被如此活絡地討論，且迫切需求。翻譯研究在1990年代的「文化轉向」，將注意導向一個事實，翻譯所涉，不只是將一種語言的文本，以另一種語言再製而已。世人認識了翻譯做為文本處理過程，永遠處在雙重脈絡之中──原文與譯文兩者的。擴大強調翻譯社會文化的層面，促進更多學術圈對翻譯的興趣；後殖民翻譯研究的興起，便是這現象的一個指標，世界文學的研究，也同樣因此重視翻譯。儘管如此，我們切勿忘記，翻譯歸根究底，還是文本處理的實務。勞倫斯·韋努堤（Lawrence Venuti）與大衛·貝洛斯（David Bellos）兩位著名的翻譯家與翻譯學者，不約而同著書呼籲，我們必須持續精讀譯本。韋努堤在他取名貴切的著作《翻譯改變一切》（*Translation Changes Everything*, 2013）提到，

---

[19]　Bella Brodzki, *Can These Bones Live? Translation, Survival and Cultural Memory* (Stanford, Cal.: Stanford University Press, 2007).

我們依然不了解，譯者的選字挑詞會帶來什麼文化與社會的發展，翻譯是如何寫成、如何閱讀，甚至連翻譯是什麼樣的溝通行為，至今也沒有共識。[20]

《在你耳朵裡的是一條魚嗎？》（*Is That a Fish in Your Ear?*）是貝洛斯為一般而非專家讀者所著的書，該書有個副標，《翻譯與一切事物的意義》（*Translation and the Meaning of Everything*），他在書中以一系列短文提出一系列他探索的問題。問題包括：我們能從翻譯學到什麼？不同種類的翻譯行為是否牽涉不同作業方式？翻譯與其他形式的寫作，是否有根本上的差異？以及，譯者實際上做了什麼動作？[21]

翻譯研究到了二十一世紀以高速發展並多樣化，單靠一本書的篇幅，絕無法將這個議題涵蓋周全。儘管如此，我們可以有把握地說，翻譯還有許多地方有待研究。有些翻譯學者對下列議題提出關鍵問題，例如意義的相對性、文本被製造並再製造的社會-文化背景的重要性為何，以及譯者承攬案件的方式等等，全都以不同方式被學者選定並研究，只是這些學者未必認為自己是在翻譯研究的範疇裡探索罷了，不過他們都了解翻譯在塑造他們所居住的世界裡，扮演多麼重要的角色。如今翻譯研究已長大成人，在全球學術界獲得一席之地，有些實務界人士發展出來的洞見，也對其他領域的研究人員有用。

翻譯的研究裡總是會有比較的元素，因為任何一篇譯文，必然來自某處的另一個文本。通曉兩種語言的人，能看出譯者對原文文本動了什麼手腳，因此能明白譯者採用什麼文本處理策略。假如有數個譯

---

[20] Lawrence Venuti, *Translation Changes Everything* (London and New York: Routledge, 2013), p. 248.

[21] David Bellos, *Is That a Fish in Your Ear?: Translation and the Meaning of Everything* (London: Penguin, 2012).

本，那麼單語讀者也能從比較這些不同版本中獲益。一個譯本是某個人解讀並重寫另一個人的文本的實體呈現，因此對於文本操縱能提供獨特的洞見。這個世界日益多面相化、全球化，我們越了解翻譯，就越了解人類的溝通活動。

引　言

　　1978年，安德烈・勒菲弗在1976年魯汶文學與翻譯學術研討會論文集的簡短附錄裡主張，「翻譯研究」（Translation Studies）這個名稱，才能與研究「進行翻譯與描述翻譯所引發的問題」[①]的學門名實相符。本書的主旨正是要勾勒出這個學門涵蓋的範疇，概略指出目前已達到的成就，並提出尚待研究開發的領域。最重要的是，本書希望闡明翻譯研究的確是能自立門戶的獨立學門：它絕非比較文學的一個次要分枝或者是語言學裡的某個特定角落，而是一片遼闊複雜的領域，包含許多涵蓋範圍深遠的支派。

　　許多人總以為這種學門早就存在，因為他們看到「翻譯」一詞已被廣泛運用，特別是在外語學習的過程之中；他們絕想不到「翻譯研究」為世人接受，是相當晚近的事。其實，有系統地研究翻譯，仍然還在襁褓階段。正因為翻譯被視為外語教學程序裡內含的一部分，研究翻譯的目的，難得純粹只為了翻譯本身。一般人認知裡的翻譯活動，就是把某篇原文文本（source language text）[②]，轉換成某篇譯文

[①] A. 勒菲弗（André Lefevere）。〈翻譯研究：本學門之宗旨〉（'Translation Studies: The Goal of the Discipline'）。收錄於詹姆斯 S. 荷蒙斯（James S. Holmes）、荷賽・藍伯特（José Lambert）、雷蒙・范・登・布洛克（Raymond van den Broeck）所合編的《文學與翻譯》（*Literature and Translation*）。Louvain: ACCO, 1978, pp.234-5。勒菲弗追隨荷蒙斯在他的短書《翻譯研究的名稱與本質》（*The Name and Nature of Translation Studies*）所豎起的旗幟，該書於1975年8月由阿姆斯特丹大學翻譯研究部所出版。

當時（甚至時至今日）有相當比例的學者提出translatology一字，直譯即「翻譯學」，做為學門名稱。只不過「翻譯研究」原文的複數說法，更能點出翻譯活動的多樣性、多元化，故終究勝出，成為今日廣為接受的說法。

[②] 原文中固然以SL來代表Source Language，TL代表Target Language。但是本書將依照SL與TL在譯文中的上下文來做調整。

文本（target language text），兩者字面上的意思最好大致相當，而原文的結構最好在譯文裡儘量保存，只要別讓譯文的結構扭拗不通即可。於是教師可以從學生在譯文裡的表現，評量其語言能力的高低。不過翻譯的作用就僅止於此。翻譯的重點，自始至終完全放在理解所學語言的句構，翻譯只是用來顯現這個理解有多少。

由於這種狹隘的翻譯觀盛行，也難怪伴隨而來的結果，是翻譯被視為末流以及作者與譯者的地位懸殊──自然是譯者在下了。早在1931年，希烈·貝洛克（Hilaire Belloc）於他在牛津大學泰勒學院圖書館所發表的演講《論翻譯》（*On Translation*）裡，早就總結了這個地位低落的困境，他的話依然可以用來描述當今的狀況：

> 翻譯的藝術，是種輔助性質的藝術與衍生產物。由於這個緣故，翻譯從未受到原著才有的尊崇，並在一般文學批評中受到鄙視。如此理所當然地低估其價值，帶來一個不良的實際副作用，即降低所要求的水準，而在某些時期，幾乎把這門藝術破壞殆盡。同時，翻譯的特質亦遭到誤解，這更加劇其地位的滑落，於是乎翻譯的重要與困難都無人了解。③

翻譯向來被視為次等活動，是「機械性」而非「創造性」的處理程序，任何受過基礎外語訓練的人便有能力從事；簡言之，就是低等職業。對於譯作的討論，往往也止於文字皮毛；那些聲稱以「科學方法」討論翻譯的研究，往往不過是建構個人特殊的價值判斷，再隨機挑幾篇像荷馬（Homer）、里爾克（Rilke）、波特萊爾（Baudelaire）、莎士比亞（Shakespeare）等這些大作家的翻譯為討論案例罷了。這類研究所分析的對象僅止於譯文本身，也就是翻譯活動的最終

---

③ 希烈·貝洛克（Hilaire Belloc）。《論翻譯》（*On Translation*）。Oxford: the Clarendon Press, 1931。

產物,而非這個活動本身。

　　盎格魯撒克遜人向來有強烈反理論化的傳統,翻譯研究到了這樣的傳統裡,境遇自然淒慘,因為翻譯研究馬上被併入十九世紀英語世界裡「僕人兼傳譯」的舊俗。在十八世紀,許多歐洲語言都產生翻譯理論與實務的研究,1791年第一篇以英文撰寫的研究翻譯論文問世,即亞力山大‧費雪‧提特勒(Alexander Fraser Tytler)的《翻譯原則》(*Essay on the Principles of Translation*)(參見「第二章‧翻譯理論史」第72頁)。不過,儘管十九世紀初翻譯仍被視為正式而有用的方法,可供作家探索並塑造自己與生俱來的文筆,這是自古皆然的事情,但是,隨著「業餘」譯者的數量日增,譯者的地位同時也在變動,這些譯者(有許多是英國的外交人員)翻譯的目的在於傳達所負任務的內容,而非探索所譯文文本裡的形式特質。此時國家與國語為何的概念也逐漸成形,日益強烈地凸顯了不同文化間的阻隔,譯者逐漸失去其創作藝術家的身分,而成為服侍原文這個主子的僕人。④因此但丁‧蓋貝爾‧羅塞堤(Dante Gabriel Rossetti, 1828-82)才會在1861年宣告,譯者的工作包括自我拒絕與壓抑創作的衝動,他提出

　　譯者若有幸能採用自己的語言或時代的美處,只能因為那是來自作者的;往往某些抑揚頓挫能用,是因為那才能重現作者所創造的結

---

④ 亨利‧費希巴區(Henry Fischbach)在他的文章〈論翻譯在美國的情況〉(收錄於期刊《巴別塔》第七期,119-24頁)('Translation in the United States' [*Babel* VII, (2), 1968, pp. 119-24])指出,美國的翻譯歷史幾乎比世界上其他工業國家都短,並把這項缺陷歸於四個原因:
　a. 十九世紀美洲在政治、商業上都與世隔絕。
　b. 傳統、文化上都親近英語國家。
　c. 在科技上美國能自給自足。
　d. 移民都相信神許之地的神話,因此希望彼此能整合。
　費希巴區的理論,似乎呼應了英語文因為大英殖民擴張而產生的翻譯觀,這點值得探討。

構——而這些結構能重現作者的抑揚頓挫……⑤

另一個極端則是艾德華·費滋傑羅（Edward Fitzgerald），他在一篇論波斯詩歌的文章裡說道，「對我而言，如此隨我喜好改造這些波斯詩人，算是藝文餘興，我想他們的文學地位還不至於讓人覺得如此加以改頭換面有褻瀆的危險，說眞的，他們還眞需要花點文心來塑造才像個樣。」⑥

　　這是兩種立場，在前者所建立的關係階級（hierarchical relationship）裡，原文作者有如封建君主，要求譯者忠貞不二，在後者所建立的關係階級裡，譯者則對於來自文化地位較低的原文文本，完全免於擔負任何責任的義務，其實都是十九世紀殖民帝國主義擴張時必然伴隨而來的產物。而這兩種立場，讓翻譯研究在二十世紀陷於地位不明的窘境。假如翻譯被視爲僕役性質的行業，那麼把僕役所用的技術加以分析，恐怕還是無法使其地位翻身，假如翻譯是個人「改良」原文文本這個使命在實務上採取的行動，那麼分析翻譯過程將當場踰越既立的階級系統。

　　英語世界裡還有其他地方可以看到更進一步的證據，顯示這種相互衝突的翻譯觀存在，那就是在教育體系裡；大家日益仰賴翻譯文本進行教學，卻從不探究翻譯的過程。因此，有日益增加的英國或北美學生，透過譯本來研讀古希臘或拉丁文作家或十九世紀的主要散文作品及二十世紀的劇作，卻把這些譯本視爲以他們的語言寫成的原作來看待。這實在是翻譯論戰裡天大的反諷：某些學者因爲翻譯在學術界裡向來被視爲末流小技，認爲翻譯毋須動用嚴謹的學術方法來研究，但是這些學者卻同時在大量使用譯本來教授課堂裡的單語學生。

---

⑤ 語出但丁·蓋貝爾·羅塞堤翻譯早期義大利詩人的譯作《詩歌與翻譯，1858-1870》的序言，175-9頁（*Poems and Translations*, 1850-1870 [London: Oxford University Press, 1968]）。

⑥ 艾德華·費滋傑羅給考威爾的信，1957年3月20日。

　　十九世紀的遺風還造成另一個現象，英文世界的翻譯研究投注許多時間在一個問題上：尋找能描述翻譯活動本身的術語。有些學者，如西奧多·賽弗瑞[7]（Theodore Savory），把翻譯定義爲一種「藝術」；有些學者，如艾瑞克·雅克生[8]（Eric Jacobsen），則定義爲「技藝」（craft）；還有其他人，也許算是表現得比較理性，師法德國人而以「科學」[9]描述之。霍斯特·法蘭茲[10]（Horst Frenz）甚至大膽提議「藝術」但要加以修正，聲稱「翻譯既非創造性藝術，亦非模仿性藝術，而是介於這兩者之間。」英語世界耗費如此多的精力在正名的爭論一事，顯示英語文的翻譯研究有問題，定名行爲受到暗藏的價值體系左右。「技藝」一名暗示比「藝術」略低的地位，並且影射是業餘活動，而「科學」則暗示是機械性的方法，而遠離翻譯是具創造性的處理程序的概念。無論如何，這樣的論戰徒勞無功，只是讓人無法把注意力花在核心問題上，即找出能應用在系統化研究翻譯活動的術語系統。至今英語文世界裡，只有一位學者嘗試處理訂定術語的議題，1976年，安東·波波維奇（Anton Popovič）出版了《文學翻譯分析字典》[11]（*Dictionary for the Analysis of Literary Translation*）：該

---

[7] 西奧多·賽弗瑞（Theodore Savory）。《翻譯的藝術》（*The Art of Translation*）。London: Cape, 1957。

[8] 艾瑞克·雅克生（Eric Jacobsen）。《翻譯：一項傳統技藝》（*Translation: A Traditional Craft*）。Copenhagen: Nordisk Forlag, 1958。

[9] 尤金·奈達（Eugene Nida）。《追求翻譯活動的原理》（*Toward a Science of Translating*）。Leiden: E.J. Brill, 1964。

[10] 霍斯特·法蘭茲（Horst Frenz），〈翻譯的藝術〉（'The Art of Translation'），收錄於N. P. 史托納區（N.P. Stallknecht）與法蘭茲合編的《比較文學：方法與觀點》（*Comparative Literature: Method and Perspective*）（Carbondale: Southern Illinois University Press, 1961, pp.72-96）。

[11] 安東·波波維奇（Anton Popovič）。《文學翻譯分析字典》（*Dictionary for the Analysis of Literary Translation*）。Dept. of Comparative Literature, University of Alberta, 1976。

書爲研究翻譯活動的方法論打下基礎，儘管僅有梗概。

　　從1960年代早期起，文學批評漸漸納入語言學與文體學（sty-listics），使得文學批評的方法論有進一步發展，而俄國形式主義學派的著作從那時起又重新被發掘出來，翻譯研究這個領域也跟著這一切產生顯著的轉變。二十世紀翻譯研究最重要的幾次進展，是建立在1920年代俄國學術圈子與布拉格語言學派及其子弟先後奠定的基礎上。弗洛西諾夫（Vološinov）研究馬克思與哲學，穆卡洛夫斯基（Mukařovský）研究藝術符號學，羅曼·雅各愼（Roman Jakobson）、帕羅卻茲卡（Prochazka）與李維（Levý）則鑽研翻譯（參見第三章），他們都爲奠定翻譯的理論，樹立新的標準，並展示翻譯絕非任何僅具備粗淺外語知識的人就能應付的業餘活動，而是如藍道夫·庫爾克（Randolph Quirk）所說，「翻譯屬於作家能勝任的工作裡最難的一部分」[12]。李維更道破，翻譯活動所涉及的範圍遠超過運用所涉兩種語言的能力，他說：

　　　譯文的成分並非一元生成（monistic composition），而是兩個結構相互貫穿交織並融合而成。其中既有原著語意的內容及形式的輪廓，其美學特色的系統卻全部都得仰賴譯文所用的語言來呈現。[13]

　　東歐著重語言學並早在50年代初期便實驗機器翻譯，造就其翻譯研究迅速發展，但是在英語世界裡，這個學門要慢幾年才萌芽。J. C. 凱弗得在1965年曾淺涉這個學門，處理的是語言不可譯性的問題，他建議

---

[12] 藍道夫·庫爾克（Randolph Quirk）。《語言學與英文》（*The Linguist and the English Language*）。London: Edward Arnold, 1974。

[13] J. 李維（J. Levý）。《翻譯的藝術》（*Umeni prekladu*）。Prague, 1963。收錄於 J. 荷蒙斯，《翻譯的本質》（*The Nature of Translation*）。The Hague: Mouton, 1970。

　　在翻譯時，我們採用譯文語言的意思來取代原文語言的意思：而非把譯文語言的意思傳送到原文語言裡。所謂「傳送」，是把原文語言的意思移植到譯文語言的文本裡。這兩種程序必須在任何翻譯理論裡清楚加以區分。[14]

於是他爲翻譯在英語世界裡的論戰開闢了新戰場。儘管他的理論對語言學者十分重要，格局卻有限，因爲他的論點背後的意義理論失之狹隘。他的著作問世以來，其關鍵概念，如等同（equivalence）與文化不可譯性（cultural untranslatability）（參見第一章）等的討論，都各自發展出一片天地。

　　今日翻譯研究從臨近相關領域獲益良多。符號學方面的研究、文法學（grammatology）與敘事學（narratology）的發展、在雙語能力（bilingualism）及多語能力（multilingualism）及兒童語言習得三方面的研究等等，這一切都可以在翻譯研究裡運用。後殖民主義（post-colonialism）、性別研究、解構主義等，爲翻譯研究提供洞見，以及新的研究工具，而文化研究、電影研究以及視聽研究（audiovisual studies）等等領域的探索，也有相同貢獻。

　　因此，翻譯研究可以說探索了新的領域並連接各個遼闊的學門，例如文體學、文學史、語言學、符號學、美學。不過在此同時也要絕

---

[14] J. C. 凱弗得（J. C. Catford）。《翻譯之語言學理論》（*A Linguistic Theory of Translation*）。London: Oxford University Press, 1965。

譯者案：此引言的原文首句，In translation, there is substitution of TL meanings for SL meanings: not transference of TL meanings into the SL.〔在翻譯時，我們採用譯文語言的意思來取代原文語言的意思：而非把譯文語言的意思傳送到原文語言裡。〕，劃底線處，似乎沒有道理，也許是該處的TL與SL位置誤調了，應該是 not transference of SL meanings into the TL.〔而非把原文語言的意思傳送到譯文語言裡。〕

不過此處的重點在於「取代」而非「傳送」，因為是取代，故譯者必須是創作者，「另作」一文，譯文從這個觀點看來，也是一個新生的文本。

不可忘記，這是一個牢牢根植於實務應用的學門。安德烈‧勒菲弗曾嘗試定義翻譯研究的目標，他提議，其目的在於「產生一套完備的理論，同時也能做爲翻譯工作的指導方針」⑮，儘管有人會質疑此說不夠明確，勒菲弗將理論與實務連結的意圖卻毫無爭議。對於系統化研究翻譯的需求，直接來自實際翻譯活動中所遭遇的問題；因此學理討論必須納入翻譯工作圈所獲得的實務經驗，同樣地，文本翻譯的實務工作，也應當運用學理研究所獲得的見解。將理論與實務分家，讓學者與譯者處於對立地位，正如其他學門所陷入的難題一樣，實在對雙方都有害而無益。

翻譯研究儘管涵蓋如此遼闊的領域，能以所關注的層面不同，概略分爲四大區塊，彼此多少有重疊。其中兩者爲**成果取向**（product-oriented），其重點在於譯文對於原文所具有的功能的層面；另外兩者則爲**過程取向**（process-oriented），其重點則在於分析翻譯過程實際發生的事情。

第一個類別涉及**翻譯史**，是屬於文學史的一部分。屬於這個區塊的研究包括：探討不同時代的各種翻譯理論；譯本所受到的批評與反應；發包翻譯工作與出版翻譯成品的實務過程；翻譯在特定時期裡的角色與功能；翻譯方法之發展；以及，分析某位譯者的譯作等等。最後一項遠比其他都還要常見。

第二個類別是**翻譯與譯文文化**，研究的範圍超越單一文本與作者，進而涵蓋下列議題：某一文本、文類及作者的影響，譯本如何吸收常模（norms）得以融入譯文文化系統裡，以及該系統選擇欲譯作品的原則。

第三個類別是**翻譯與語言學**，其研究重點在於從音素（phonemic）、詞素（morphemic）、語彙（lexical）、句式（syntagmat-

---

⑮ 出處同前。

ic）、句法（syntactic）等各層面，比較譯文與原文如何安排各個語言元素。可歸於這個類別的研究包括，語言等同、由語言界定之意義、語言相關的不可譯性及機器翻譯等這些方面相關議題的探索；此外也包括翻譯非文學類文本的問題的研究。

第四類可以概略稱之為**翻譯與詩學**，涵蓋了所有的文學翻譯，無論是理論或是實務。研究內容可能廣泛包含一切文學或者針對某個文類，包括翻譯詩歌、劇場或歌劇劇本等個別的特殊問題，以及與此近似的電影翻譯的問題，包括配音以及字幕翻譯等。這一類別還包括下列項目：研究個別譯者手法與比較不同譯者；研究建構一套翻譯詩論的相關問題；研究原文與譯文之間的關係或者作者-譯者-讀者三者之間關係的問題。更重要的是，這一類別還包括建構文學翻譯理論的研究。

持平而論，第一、三類的研究比第二、四類的研究更加普遍常見，然而翻譯史方面尚缺乏有系統的研究，而有些翻譯與語言學關係的研究失之太偏，未能匯入翻譯研究的主流。研究翻譯的學者，即使只打算鑽研其中一個類別，也必須對所有其他類別有所涉獵，以免犯見樹不見林的毛病。

當然，最後還有一道巨大的難關，等著有興趣從事翻譯研究的人：翻譯評鑑（evaluation）的問題。比方說，若譯者認為「改進」原文或現有譯本，是職責的一部分（這確實是重譯常見的主因），那麼這個工作便隱含了價值判斷。譯者討論自己的譯本，十之八九都避談自己的翻譯是如何進行，而集中火力來揭露其他譯者的弱點。相對地，譯評家往往僅從下列兩個角度之一來評論：其一，評論譯文與原文相近的程度這個狹隘的觀點（這個角度只有在批評者精通譯、原雙語才會被採用）；其二，從譯文語言的角度來評論譯本文字的品質。後者顯然言之成理，畢竟翻譯劇本必須能搬上舞台演出而翻譯詩歌必須能誦讀——然而，評者從純粹單語的立場，傲慢地定義什麼是好或壞的翻譯，顯示譯作所面對的，是與另一種後設文本（metatext），

即文學批評，正面衝突的特殊處境（後設文本是指從某既存文本衍生出或加以包含的文本，翻譯與文學批評正是二例）。

法蘭西斯·紐曼（Francis Newman）對於麥修·亞諾（Matthew Arnold, 1822-68）批評他的荷馬譯本有篇著名的回應，紐曼主張，

> 學者們可以是評斷治學精疏的審判團，但是關於品味，則受過教育而無學院訓練的大眾是唯一公正的法官；我只聽從他們的裁判。即使匯集海內學者會審，更別說只是個別學者獨斷，也無權對此大眾法庭的品味做出定案的判決。[16]

紐曼在此把純粹依據學院標準進行的評鑑，與依據其他元素建立的評鑑加以區分，如此一來，他點出一個概念，評價為文化界定（culture bound）的活動。因此，爭論誰的翻譯才有資格做定本，根本沒有意義，因為翻譯與其所處時空密切相關。安德烈·勒菲弗在他那本十分有用的著作《翻譯詩歌：七種策略與一個藍圖》（*Translating Poetry: Seven Strategies and a Blueprint*）[17]裡，比較了卡圖勒斯（Catullus）第六十四首詩的幾個譯本，但是他並不是要比出譯境高下，而是陳示譯詩之難，有時並指出某個譯法有何長處。這全是因為世上並無唯一放諸四海皆準的標準，可作為任何文本的評價依據，而是有成套而時時變動轉化的許多標準，每個文本與它們之間處於持續互動的關係。世上既沒任何譯本是唯一定本，就好像沒有哪一首詩可以取代所有詩作，或哪一部小說可以取代所有小說，任何翻譯評量都必須將譯本的

---

[16] 法蘭西斯·紐曼（Francis Newman）。〈翻譯荷馬之理論與實務〉（'Homeric Translation in Theory and Practice'）。收錄於《麥修·亞諾文集》（*Essays by Matthew Arnold*）。London: Oxford University Press, 1914, pp.313-77。

[17] 安德烈·勒菲弗（André Lefevere）。《翻譯詩歌：七種策略與一個藍圖》（*Translating Poetry: Seven Strategies and a Blueprint*）。Amsterdam: Van Gorcum, 1975。

創造過程與它對所處時空所負的功能納入考慮才能進行。

　　本書後文將陳示，評量翻譯過程與譯文於其時空所擔負的功能，不同年代之間標準差異巨大。十九世紀的英文關注翻譯能否重現「時期風味」，而在譯文中運用擬古文字，往往讓譯文比原文本身，更難以讓讀者接受。相形下，十七世紀的法文則一味法國化，把古希臘的一切都法國化，連傢俱服飾的細節都加以處理，這點引起德文譯者痛加撻伐。察普曼（Chapman）生龍活虎的文藝復興荷馬，便與鮑普（Pope）莊重氣派的十八世紀版本迥異。然而企圖讓兩者在某一個評鑑體系裡比較以分出高下，實在沒有任何意義。

　　翻譯評鑑裡的問題與先前所討論的翻譯地位低落的問題密切關聯，讓批評者妄自採取優越於譯者的姿態，大發厥詞評論。翻譯研究發展成學門之後，應當有助於提升討論翻譯的層次，假如要建立評鑑翻譯的標準，也要由從學門內部發展而非由外人妄設。

　　本書在評鑑的議題並無任何進一步的發揮，部分原因是本書篇幅有限，但主要是因為本書目的在於陳示本學門的基本知識，而非提供個人管見。本書分做三大章，希望能以最小的篇幅呈現最多本學門各個層面。第一章探討的內容包括，一、翻譯的核心議題，二、「意義」、「不可譯性」、「等同」相關的問題，三、翻譯做為溝通裡的一環的議題。第二章則追溯不同時期所走過的路，展示儘管不同時代有不同的翻譯概念，卻又受限於相同的環節。第三章則細看詩歌、戲劇、散文翻譯個別特有的難題。貫穿全書的重點是**文學翻譯**，不過部分第一章所討論的議題，也可以運用到筆譯與口譯的所有層面。

　　本人也十分清楚，許多關於翻譯的層面本書未能著墨，其中有關不同語系的語言間的翻譯問題，顯然極為重要。翻譯的這個層面在第一章雖有淺涉，但本人十分遺憾自己僅諳印歐語系的語言，能力不及之處不敢妄論，僅僅觸及放諸任何語言皆準的原理。

　　在這樣的翻譯討論背後，其實有一個信念：翻譯的過程裡，必然

存在某些通則，可以加以界定、分類，而且有朝一日，運用到任何語言間的翻譯都適用的「文本 → 理論 → 文本」的循環裡。

第一章　核心議題

語言與文化

　　檢視翻譯過程的第一步，是必須接受一個事實：儘管位於翻譯活動的核心是語言活動，翻譯其實更應當歸屬於符號學，這個學門研究符號的系統與結構、符號的處理與功能。[①]狹隘的語言學取向的翻譯觀認為，翻譯是把某組語言符號所包含的「意義」，在善加利用文法知識與字典之後，傳送到另一組裡去；其實除了這點，翻譯還涉及體系龐大的語言外的標準。

　　艾德華‧薩畢爾（Edward Sapir）聲稱，「語言是社會現實狀況的指南」，而人類完全受制於語言，因為那是社會的表達媒介。他認為，經驗大半是由所處族群的語言習慣決定，每個個別結構都代表一個個別的現實狀況：

　　　沒有任何兩種語言能近似到足以表達同一個社會現實狀況。不同社會所存在的世界都是截然不同的世界，不只是同一個世界貼上不同的標籤而已。[②]

　　薩畢爾的論文後來受到班傑明‧李‧沃夫（Benjamin Lee Whorf）認同，其實與蘇聯符號學家尤利‧洛特曼（Jurí Lotman）更晚近所提出的觀點相關，亦即語言是「塑範系統」（modelling system）。洛特曼把文學與藝術廣義地描述為「次級塑範系統」（secondary modelling systems），藉以指出文學藝術實乃衍生自語言這個主要的塑範系統，並與薩畢爾或沃夫一樣堅定地主張「任何語言，除非與所生成

---

① 泰倫斯‧霍克斯（Terence Hawkes）。《結構主義與符號學》（*Structuralism and Semiotics*）。London: Methuen, 1977。

② 艾德華‧薩畢爾（Edward Sapir）。《文化、語言與個性》（*Culture, Language and Personality*）。Berkeley, Cal: University of California Press, 1956, p.69。

的文化緊密結合，絕對無法存活；而任何文化，若缺乏天然形成的語言為其核心結構，同樣無法存活。」③由此觀之，語言是文化體內的心臟，兩者互動才能造就源源不絕的生命能量。同理可證，若是要對心臟進行手術，醫生絕不能忽略包圍心臟的身體，因此譯者若把文本抽離其文化處理，危險近在眼前。

翻譯的類型

羅曼・雅各慎在他的文章〈論翻譯的語言學層面〉（"On Linguistic Aspects of Translation"），把翻譯區分為三個類型：④

(1) 語內翻譯（intralingual translation），即「重述」（rewording）（以同一種語言裡的其他語言表達符號來詮釋某組文字符號）。

(2) 語際翻譯（interlingual translation），即「一般翻譯」（translation proper）（以另一種語言的文字符號來詮釋某組文字符號）。

(3) 符際翻譯（intersemiotic translation），即「轉化」（transmutation）（以非語言的符號系統來詮釋某組文字符號）。

其中第二類「一般翻譯」，即描述原文語言轉換成譯文語言的過程，雅各慎一確立這個分類法，立即接著指出三類共有的核心問題：儘管

---

③ 尤利・洛特曼（Jurí Lotman）與B.A. 伍斯班斯基（B.A. Uspensky）。〈論文化中符號的運作機制〉（'On the Semiotic Mechanism of Culture'）。《新文學史》（*New Literary History*）IX (2) 1978, pp.211-32。

④ 羅曼・雅各慎（Roman Jakobson）。〈論翻譯的語言學層面〉（'On Linguistic Aspects of Translation'）。收錄於R.A. 布勞爾（R.A. Brower）編。《論翻譯》（*On Translation*）。Cambridge, Mass.: Harvard University Press, 1959, pp.232-9。

意思本身即足以做爲詮釋的語碼（code）或信息，翻譯通常得不到完全等質的結果。即使顯而易見的同義詞，也無法達到等質的結果，雅各愼指出語內翻譯通常必須利用組合數個語碼，以便能完整地詮釋一個單位的意義。因此，字典裡所謂同義詞的單元可能把 *perfect* 與 *ideal* 或者 *vehicle* 與 *conveyance* 各列爲同義詞，但是這兩組同義詞實在都不是完全等同，這是因爲所列舉的每個字都蘊含了無法轉換的聯想與含意。

正因爲完全等同（也就是同義詞或一模一樣）在三類中都無法達成，雅各愼宣稱，因此任何詩歌藝術，嚴格來講，都不可譯：

> 只能發揮創作力加以替換：不管是在語內替換裡，以一種詩歌形式替換另一個詩歌形式；還是在語際替換裡，以一種語言替換另一種語言；或者是符際替換裡，以一個符號系統替換另一個符號系統，例如將文字藝術轉換成音樂、舞蹈、電影或繪畫。

雅各愼在這裡所提的，法國理論家喬治·穆南（Georges Mounin）加以發揮，他視翻譯爲一連串的操作過程，其起點與成果是某一文化裡的**指涉活動**（significations）與功能。[5]比方說英語裡的 *pastry*〔糕餅〕，如果想把它翻譯成義大利文而完全不顧它所指涉的東西，那麼儘管字典也許會提供一個「等同」的字，如 *pasta*〔麵團〕，可是放到譯文句中將完全無法發揮任何表意的功能；這是因爲 *pasta* 有完全不同的聯想領域。[6]像這種情況，譯者必須自行拆組意義單元以得到某近乎等同的結果。雅各愼以俄文裡的 *syr*（以發酵壓榨過的凝乳所

---

[5] 喬治·穆南（Georges Mounin）。《翻譯問題之理論》。《翻譯之理論問題》（*Les prob-lèmes théoriques de la traduction*）。Paris: Gallimard, 1963。

[6] Pastry 與 pasta，皆可指麵團加工的食品，但英多指烘焙油酥麵團製成的糕餅點心，義則多指通心粉類之主食。

製成的食品）為例，約略可譯為英語的 *cottage cheese*。[7]在這個例子裡，雅各慎聲明這個異國語碼的翻譯不過是差強人意的**詮釋**，若要等同那是絕無可能。

解碼與重新編碼

因此，譯者所操作的標準超越純粹語言的層次，而所執行的是解碼與重新編碼。尤金‧奈達的翻譯程序模型陳示了這裡所談的階段：[8]

有些示範語際翻譯複雜難解之處的例子，似乎不應該會有爭議，例如如何把英語的 *yes*〔是〕與 *hello*〔嗨〕譯成法語、德語及義大利語。乍看之下可以直截了當譯出，它們同屬印歐語系，語彙與句法都密切相關，而且三者的問候與贊同的說法都相同。對於 *yes*，一般字典提供下列說法：

法　　語：*oui*、*si*

德　　語：*ja*

義大利語：*si*

---

[7] 這種乳酪處於濾掉水分卻仍未壓密成塊的階段，因此其塊粒仍十分明顯，而且十分濕潤。

[8] 尤金‧奈達（Eugene Nida）與查爾斯‧泰伯（Charles Taber）。《翻譯理論與實務》（*The Theory and Practice of Translation*）。Leiden: E.J. Brill, 1969, p.484。

　　顯而易見的是，法語有兩種說法，兩者間所涉及的差別，是其他兩種語言無法表達的。再進一步研究顯示，*oui* 儘管是常用的說法，*si* 則特別用在反駁、爭論與不同意的情況。英語的譯者於是必須留心這條文法，因為英語裡這個字在任何語境裡都不變。

　　若就運用在贊同語氣的談話情況而言，也有別的問題。*Yes* 不能永遠翻譯成單獨出現的 *oui*、*ja* 或 *si*，因為法、德、義三語常常用一對或「成串」的肯定語（例如 *si, si, si* 或是 *ja, ja* 等等），這超過了標準英語的表達方式。因此，若以義大利語或德語把 yes 譯成單一的 *si* 或 *ja*，又顯得太窘促；反之，一連串的肯定語在英語裡又顯得太誇張，近乎滑稽。

　　Hello 這個英語裡標準的友善見面問候語，翻譯起來難題更是倍增。字典提供這些說法：

> 法　　語：*ça va?* 及 *hallo*
> 德　　語：*wie geht's* 及 *hallo*
> 義大利語：*olà*、*pronto* 及 *ciao*

儘管英語並不區分面對面打招呼與電話上打招呼的方式，但是兩者在法、德、義語裡都運用不同說法。義大利語裡的 *pronto* 只能用在電話上，有如德語裡的 *hallo*。此外，法、德語裡以簡短的問句做為問候方式，以英語來講就是 *How are you?* 或 *How do you do?*，但在英語裡這兩句則僅用在更加正式的場合。義大利語的 *ciao* 是義大利社會所有階層間最為通用的問候形式，既用在見面也用在分開，這個問候語用在兩人交接的時刻，不區分來、去，也並不特定用在抵達情境或相遇之初。因此，以把 *hello* 譯成法語為例，譯者面對的任務是先找出這個說法的核心意義，其程序的各階段如奈達的模型圖所示，如下：

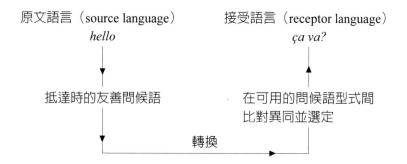

翻譯過程發生的事情是「問候的概念」被單獨挑出，*hello* 則以表達相同概念的話取代。雅各慎會以語際替換（interlingual transposition）來描述這個過程，而勒茲卡諾夫（Ludskanov）則稱之為「符號轉形」（semiotic transformation）：

> 符號轉形（Ts）就是把以某語碼編成信息的符號，替換成另一語碼裡的符號，依據某既定的指涉系統，保留恆定的訊息（只要還沒陷入意義耗盡的地步的話）。[9]

在 *yes* 的情況裡，恆定的訊息是「確認」，在 *hello* 的案例裡，恆定的訊息是「問候的意念」。但是譯者同時還得考慮其他標準，例如 *oui/si* 在法語裡的用法、連串式肯定語的風格功能、問候的**社會情境**（social context）——是電話上還是面對面、說話者的階級與地位以及不同社交圈裡口頭問候所產生的**分量**（weight）。翻譯涉及所有這一切因素，即使是翻譯看起來簡單明瞭的話也一樣。

　　符號轉形的問題則在處理翻譯簡單的字裡進一步探討，像是英

⑨　A. 勒茲卡諾夫（A. Ludskanov）。〈以符號學的角度探索翻譯的理論〉（'A Semiotic Approach to the Theory of Translation'）。《語言科學》（*Language Sciences*），35 (April), 1975, pp.5-8。

語裡的 butter。延續索緒爾（Ferdinand de Saussure）[10]的理論，符旨（signifié）（即奶油的概念）與符徵（signifiant）（即 butter 這個字所構成的聲音暨意象）之間的結構關係，構成 butter 的語言符號。[11]既然語言被視為一群相互依賴的關係所組成的系統，由此可推，butter 在英語裡的作用是某特定結構性關係裡的一個名詞。索緒爾同時也區分語句組合（即水平）關係（syntagmatic relations，指一個字與其所在句中周圍各字的關係），與聯想（即垂直）關係（associative relations，指該字與語言結構整體來看的關係）。此外，在次級塑範系統裡，還有另一個類型的聯想，譯者猶如廣告技巧專家，必須同時考慮主要與次要的聯想途徑。由於 butter 在英式英語裡包含一群聯想，包括豐富的營養、精純的品質與身分地位高尚（這是與 margarine，人造奶油對照而言，人造奶油曾經僅被視為次等奶油，不過如今因為它冷藏也不會硬化，而以其易抹好塗的特色來行銷）。

　　把 butter 譯為義大利語，有個合掌般對應的字眼，butter 對 burro。Butter 與 burro 兩者都是指同一種牛奶製品，淺黃色的稠糊狀可食油脂，為人類的食品。然而在各自的文化情境裡，Butter 與 burro 所指涉的內容卻無法劃上等號。在義大利，burro 通常顏色淡而不加鹽，主要用在烹飪，沒有高社會地位的聯想，而英國的 butter 呈鮮黃色、加鹽，主要用作麵包的抹醬而較不常用於烹飪。由於代表高身分地位，如今即使是用 margarine 為抹醬的「奶油」麵包，人們也樂於稱之為 bread and butter。[12]因此，Butter 與 burro 所指涉的**對象**，以及這些對象在各自文化環境裡的功能與價值，兩者皆相異。等同概念在

---

[10] 1859-1913，瑞士語言學及符號學家，為現代語言學之父暨符號學開山鼻祖之一。

[11] 參見弗迪南‧索緒爾（Ferdinand de Saussure）。《通用語言學課程》（*Course in General Linguistics*）。London: Fontana, 1974。

[12] 儘管在成語裡，也有用bread and butter來指基本生活需求，例如to earn one's bread and butter〔賺取生活費〕。

此所產生的問題，牽涉這個物品在特定情境裡的用法與觀感。*Butter* 配 *burro* 互譯，在某個層面也許是絕配，但同時也可以拿來佐證薩畢爾的論點，每種語言都代表一個獨立的世界。

　　Butter 這個字描述的是某種明確可辨的產品，有些字眼在原文語言裡的意義範圍更廣大，問題也會隨之大增。奈達為 *spirit* 所建立的語意結構圖（參見第22頁），展示了另一組更複雜的語意關係。[13]

　　凡任何字眼，語意關係有此案例般複雜的，必然會有人用來製造雙關語或文字遊戲這類的幽默，利用的是混淆或混合不同意義以達到效果（例如酗酒神父的笑話——他太常沉浸在 *holy spirit* 裡——*spirit* 既指聖靈，也指烈酒）。於是 *spirit* 在某處的特定含意，譯者就必須就該句本身、該句與其他相關句子的結構關係、以及該句所處的全文與文化環境等等來考量。因此，下列例句中的 *spirit*，

　　The spirit of the dead child rose from the grave.[14]

指的只能是奈達表列裡第七項意義，不能是別項，而下句裡的 *spirit*

　　The spirit of the house lived on.[15]

指的可能就是第五及第七項意義，或者暗喻第六及第八項意義，這個必須由其上下文來決定。

---

[13] 此圖取自尤金‧奈達之《建立翻譯的科學：特別以聖經翻譯之原則與程序為例》（*Towards a Science of Translation: With Special Reference to Principles and Procedures Involved in Bible Translating*）。Leiden: E.J. Brill, 1964, p.107。所有奈達的引述皆出自此書，除非另有說明。

[14] 可譯為：亡童的鬼魂從墳墓裡升起。

[15] 此句的翻譯，有以下可能：這棟房子的精神長存、屋子裡的精靈永在等等。

弗斯（Firth）如此定義「意義」，「某情境背景的組成條件間，錯綜複雜的關聯的複合體」[16]，並引用英語的片語 *Say when*[17]為例，這句話的「意思」正是要人「做」字面的意思。翻譯這個片語，要根據的是它的功能，而非它的文字本身，翻譯的程序包括決定選用譯文語言裡的什麼語言元素來取代。由於這個片語，如弗斯指出，直接與英國社會的行為模式有關，譯者若要翻譯成法語或德語，必須克服一個難題：這兩種譯文語言的文化裡都沒有相似的習俗。同樣地，英文譯者若要翻譯法語的 *Bon appetit*，也會遭遇同樣的難題，因為這句話同樣是受情境界定。為了示範這裡所牽涉的錯綜複雜，讓我們假設一個情節，在裡頭 *Bon appetit*〔直譯為「好胃口」〕具有關鍵意涵：

　　有一家人吵得大動肝火，闔家團聚的氣氛已破壞殆盡，什麼難聽話都說絕了。可是當初讓他們回家聚在一起的那頓慶祝晚餐才要上菜，於是一家人坐在桌邊，沒人開口。等飯菜都盛好了，大家只是枯坐，父親打破沉默祝大家 *Bon appetit*，於是大家開動。

這句話的語氣，到底是一個機械反應，也就是日常生活習俗的一部分，還是反諷、悲傷或甚至是咬牙切齒，文中沒點明。在舞台上，演員與導演必須依據他們對於劇中角色的塑造與該劇結構整體意義的理解，來決定如何詮釋這句片語。詮釋將透過口吻來傳達。不管怎麼詮釋，這句簡單的片語一針刺破劇中緊張欲裂情勢的意涵，都要能夠呈現才行。

　　譯者除了在譯文語言中選擇約略近似的片語的難題，還必須把這

---

[16] J.R. 弗斯（J.R. Firth）。《人類的語言與說話能力》（*The Tongues of Men and Speech*）。London: Oxford University Press, 1970, p.110。

[17] 此話直譯為：「說『何時』」。特定用於倒酒時的禮貌語，添酒的人請對方提示何時該停止倒酒，而對方則在酒夠時，輕喊個*when!*。

點納入考量。全等的翻譯並不可能：*Good appetite* 在英語裡若不運用在結構完整的句子裡就沒有意義。也沒有任何一般用法裡的英語片語，能完成與這個法語相同的功能。不過，某些情況裡的可用說法，倒是可以用在此處——口語裡的 *Dig in*〔動手吧〕或者 *Tuck in*〔吃吧〕，比較正式的 *Do start*〔請開動〕，甚至也可以用客套式婉轉語 *I hope you like it.*〔希望各位喜歡〕或者 *I hope it's alright.*〔希望大家不介意〕。譯者在決定用什麼英語說法時，必須

(1) 接受譯文語言在語言層面上，不可能翻譯原文語言的這個片語。

(2) 接受譯文語言的文化裡缺乏相似的約定俗成。

(3) 把一群可用的譯文語言的片語納入考慮，衡量會如何呈現說話者的階級、身分地位、性別，他與聽者間的關係，與他們的聚會在原文語言裡的情境。

(4) 考慮這個片語在這個特定情境裡的意涵——也就是說，這段精彩情節裡高度緊張的一刻。

(5) 以譯文語言，呈現這個原文語言片語在兩個意指系統裡不變的核心（即此作品這個特定的系統，與產生此作品的文化系統）。

李維（Levý）這位偉大的捷克翻譯學者堅持，把翻譯裡的難處縮減或省略是不道德的行為。他相信，譯者有責任要為最教人擲筆認輸的難題找出解答，他還宣言，譯者採用的功能視野（functional view）不但必須涵蓋意義，更要涵蓋風格與形式。聖經翻譯研究可謂汗牛充棟，而各個聖經譯者如何以巧妙的手法解決他們的難題，也有大量的文獻記載，其中以符號轉形（semiotic transformation）的例子，最是豐富。

翻譯上述情節裡的 *Bon appetit*，能從文本裡整理出一套標準，來衡量什麼譯文語言才是合適的譯法，但顯然不同的情境裡所用的譯法

都不同。翻譯裡永遠存在的重點是讀者或者聽者，而譯者處理原文的方式又必須能讓譯文的說法能呼應原文的說法。這個呼應的本質可能因情況而迥異（參見第三章），但這個原則不變。因此，亞布列區・紐伯特（Albrecht Neubert）說得一點都沒錯，莎士比亞十四行詩裡的那句 *Shall I compare thee to a summer's day?*〔我是否該將你與夏日時光相比？〕，在夏季酷熱難當的國家的語言裡，根本無法翻譯，就好像上帝是天父的概念，也無法用神衹為女性的社會的語言來翻譯。企圖把原文語言的文化的價值系統，硬套在譯文語言的文化上，是個危險的舉動；而有些學派就憑著主張文本本身自成系統，就自以為能依此來決定作者原本的意圖，譯者更不應該受到此說引誘而效尤。譯者絕對不能自命為原文的作者，但是譯者身為譯文的作者，卻對譯文讀者明顯負有道義責任。

等同的問題

　　成語翻譯讓我們在探討意義與翻譯的議題上，進入了另一個階段，因為成語跟雙關語同樣是受文化界定（culture bound）。翻譯過程裡常必須調整（shift），義大利文的成語 *menare il can per l'aia* 就是示範這點的好例子。[18]下列義大利文句子

──────────

[18] 波波維奇區分出幾種不同類型的調整：

　a. 體質調整（constitutive shift）：這種調整指的是因為兩種語言、詩觀、風格之間的差異，而不得不作的調整。

　b. 文類調整（generic shift）：在這類調整裡，文本成為某種文類於其本質裡所具有的特色可能必須改變。

　c. 個人調整（individual shift）：譯者個人的風格與表達習慣，也會引進一整個系統的個別變動。

　d. 負面調整（negative shift）：在這種情況裡，訊息因為譯者對於原文語言或者原文結構不熟悉而譯錯。

　e. 主旨調整（topical shift）：在這種情況裡，原文的主旨內容到了譯文裡有所調整。

Giovanni sta menando il can per l'aia.

若照字面翻譯是

John is leading his dog around the threshing floor.[19]
〔約翰在打穀場上蹓狗。〕

這句話呈現的形象教人一時摸不著頭緒，除非上下文能相當明確地指出這是什麼樣的地點，否則這句話的意思隱晦難解，根本說不通。英文成語裡意思最接近這個義大利文成語的是 *to beat about the bush*〔直譯為「在樹叢周圍亂打」，意思是「說話迴避重點」〕，它本身若不視為成語來理解，意思也一樣隱晦，因此那句義大利文成語的正確翻譯是

John is beating about the bush.
〔約翰支吾其詞〕

英文與義大利文有成語形容支吾其詞的成語說法可相互呼應，因此在語際翻譯時，其一方便可以用另一方取代。這個取代可行的基礎，並非建立在成語中語言元素的基礎上，亦非建立在成語裡的意象有相似或呼應之處，而是建立在成語的功能上。某個原文片語以一個譯文片語取代，因為後者在譯文語言的文化裡能達到同樣的目的，這裡所牽

---

[19] 打穀場在新舊約聖經中有多處提及，其喻義為真相的試煉場。因為在古代，為將收成穀物去糠除殼，通常會平鋪在一塊平坦堅硬的地上，以沉重而蹄硬的牛來回踩踏，使之仁殼分離，故可想而知，若以輕盈而足嫩的狗來做這件事，形同兒戲。此外，他們也會向空拋灑踩過的收成，讓麥桿及糠殼等輕薄的部分被風吹走，而實重的穀仁原處落地，故打穀活動或其場所，也有比喻試煉信仰堅定或誠心與否的相關意思。

涉的做法，便是以譯文語言的符號取代原文語言的符號。達格（Dagut）討論暗喻（metaphor）翻譯的難處的看法，應用到處理成語的難處更是別有洞見：

　　既然暗喻在原文語言裡就定義而言算是嶄新的表現，一個新奇的語意，在譯文語言裡理所當然不會有等同的説法存在：獨特的東西不可能有分身。譯者的雙語能力——如馬拉末所説，*le sens de ce qui est dans la langue et de ce qui n'en est pas*〔有字面本身的意思與不在字面裡的意思〕——其實只有消極性的助益，讓譯者知道，在這個例子裡，任何「等同説法」不可能「尋獲」，而必須重新「創作」。因此正經該問的問題是，若以嚴格的標準來看，某個暗喻能否**原封不動**翻譯，或者僅能用其他方法「另撰一説」。[20]

　　但是達格對於「翻譯」與「另撰一説」的區分，與凱弗得對於「直譯」與「意譯」[21]的區分一樣，兩人都並未把翻譯即符號轉換的概念納入其觀點。波波維奇把翻譯裡的等同區分為四類：

　　(1) 語言等同（linguistic equivalence）是指原文、譯文在語言的層面上相同，亦即以字換字的翻譯。
　　(2) 句式等同（paradigmatic equivalence）是指其等同的部分在於「句式表達軸心的元素」，也就是文法的元素，波波維奇認為這比語彙等同的層次較高。
　　(3) 風格等同（stylistic (translational) equivalence）是指原作與翻

---

[20] M.B. 達格（M.B. Dagut）。〈比喻能翻譯嗎？〉（'Can Metaphor Be Translated?'）。《巴別塔》（*Babel*）。XXII (1), 1976, pp.21-33。

[21] J.C. 凱弗得（J.C. Catford）。《語言學的翻譯理論》（*A Linguistic Theory of Translation*）。London: Oxford University Press, 1965。

譯裡的元素在功能上等同，亦即兩者都以相同的意義定數（invariant of identical meaning）以達成表意一致（expressive identity）。

(4) 段構等同（textual (syntagmatic) equivalence）指文本的句法結構上的等同，亦即形式與形狀（form and shape）的等同。[22]

因此這個翻譯義大利文成語的案例牽涉的是風格等同的抉擇，決定是採用譯文語言裡具有等同功能的成語，取代所譯的原文語言的成語。

翻譯所牽涉的遠超過語言之間語彙及文法單位的替換，而由成語與比喻的翻譯裡可見，其過程可能包括放棄原文裡基本的語言元素，以達成波波維奇的目標，原文譯文文本能「表意一致」。不過，譯者一旦跳脫語言層次的等同，迎面而來的難題，便是決定所欲達成的等同究竟是什麼樣的性質。

亞布列區‧紐伯特把研究翻譯的**過程**與**結果**加以區分，可惜英語讀者無緣閱讀他的作品。他開門見山主張「翻譯理論必須涵蓋這兩大部分才算完整，但它們之間似乎欠缺一個『失落』的環節，那就是能同時滿足動態與靜態模型的等同關係理論。」[23]等同這個術語在翻譯研究裡常用也濫用，但它涉及的問題占有核心的重要地位，儘管紐伯特強調等同關係理論的必要，實屬正確，但是雷蒙‧范‧丹‧布洛克（Raymond van den Broeck）的看法也沒錯，他反對翻譯研究過量使用這個術語，並認為等同在數學裡的精確定義，若套用到翻譯研究，將成為嚴重障礙。

尤金‧奈達把等同分為**形式**（formal）與**動態**（dynamic）兩類，形式等同「把注意力放在信息本身，包括形式與內容。在這樣的

---

[22] 所有波波維奇的引述皆出自其《文學翻譯分析字典》，除非另有說明。

[23] 亞布列區‧紐伯特（Albrecht Neubert）。〈翻譯之原素與通則〉（'Elemente einer allgemein-en Theorie der Translation'）。*Actes du Xe Congrès International des Linguistes*, 1967, Bucarest II, pp.451-6。

翻譯概念下，我們關注的是詩歌要譯成詩歌，句子譯成句子而概念譯成概念。」奈達稱這種翻譯為「註解翻譯」，其目的在於儘可能讓讀者能了解原作語言時代背景的一切。動態等同則是建立在**等同效果**（equivalent effect）的原則上，也就是說信息接受者與信息的關係，應該儘可能跟原作信息接受者與原信息的關係相同。奈達便舉了J. B.菲利普斯（J. B. Phillips）所譯的《羅馬書》第十六章第十六節為例，來示範這種等同，菲利普斯把「行神聖的見面吻禮」譯成「跟所有人熱切地握手」。從這則看似不足又欠缺品味的譯例，奈達界定鬆散的分類法的弱點就曝露無遺了。**等同效果**的原則雖然一度在某些文化的某些年代裡大受歡迎，卻讓譯者必須依賴臆測，而有時因此而得到的結論頗待商榷。E.V. 瑞爾（E.V. Rieu）遵循這種等同原則，刻意把荷馬譯成英文散文，因為他認為史詩這個文類在古代希臘的作用，應該就像散文在現代歐洲一般，這是一個**動態等同**應用在文本的形式特質上的例子，它顯示奈達的分類實際上可能自相扞格。

在翻譯研究裡有個公認的事實，那就是假如某一首詩有十幾位譯者經手，他們會譯出十幾個不同的譯本。然而在這十幾個譯本之間，會有一個波波維奇所稱的原詩的「定質核心」（invariant core）。他聲稱，這個定質核心可由原文文本裡穩定、基本而不變的語意元素所代表，經由語意萃取實驗即可證明其存在。轉形，也就是變質，是改變的部分，它們並不修飾核心意義，只影響表現形式。簡言之，定質可以界定為同一文本的不同譯本之間都共享的部分。因此，這個定質是動態關係的一部分，不應該與對於文本的「本質」、「精神」或「靈魂」的臆測推論混為一談；這種「無法定義的性質」，恐怕是譯者鮮能捕捉的。

紐伯特建立一套理論來解決翻譯等同的難題，從文本理論的觀點來看，翻譯等同必須視為一個「符號範疇」（semiotic category），依照伯爾斯（Peirce）界定的範疇，包括「句法」、「語意」與「語

法」等元素。㉔這些元素又形成一個等級系統，語意等同優先於句法等同，語法等同則限制與修正另兩種等同。等同大體而言，來自下列三方面的關係：一、符號本身之間的關係；二、符號與它們所代表的東西之間的關係；三、符號、它們代表的東西與使用符號的人三者之間的關係。因此，義大利語或西班牙語裡瀆神言語的驚嚇價值，若要在英語裡加以保留，則必須以露骨的性猥褻語，來製造差可比擬的驚嚇效果，例如 porca Madonna〔直譯：聖母豬〕譯成 fucking hell〔直譯：操他地獄〕。㉕同樣地，所有三個元素間的互動關係也決定了譯文裡的選擇過程，例如信件書寫的情況。常模控制信件書寫的格式，不同語言之間、不同時代之間，都有極大的差異，即使只限於歐洲的情況。比如說，1812年的女性寫信給友人，其信末不會只如現代英國女性僅簽個 with love〔奉上愛〕或 in sisterhood〔我的好姊妹〕，就像義大利人信末不可能不對收信人及其家人一一致上長串的正式問候語。在這些案例裡，也就是書信書寫公式與猥褻語，譯者先解碼然後依語法想辦法再重新編碼。

　　探索界定等同的問題，循著兩條翻譯研究的發展路線進行。其中一條不難料到，就是專注於特定的語意難題以及語意內容，如何從原文語言傳送到譯文語言。另一者則探索文學文本的等同這個議題，蘇聯的形式主義學家與布拉格語言學派的研究成就，再加上近代在對話分析（discourse analysis）的發展，讓等同問題的應用擴及此類文本

㉔ 參見其《論文集》（共八卷）（*Collected Papers*）（8 vols）。C. 哈茲洪（C. Hartshorne）、P. 華斯（P. Weiss）與 A. 柏克斯（A. Burks），合編。Cambridge, Mass.: Harvard University Press. 1931-58。

有關伯爾斯對於符號學的貢獻，請參閱T. 霍克斯（T. Hawkes）。《結構主義與符號學》（*Structuralism and Semiotics*）。London: Methuen, 1977, pp.126-30。

㉕ 應對語言（languages in contact）有個有趣的面相，那就是咒罵語言系統與褻瀆語言系統往往互通。在墨西哥西班牙語裡，美式英語的系統與傳統西班牙語的系統融合。

的翻譯。例如詹姆斯・荷蒙斯就覺得運用等同這個術語是「強人所難」，因為「相同」原本就是過分的要求，而杜理辛（Durišin）則主張文學文本的譯者須建立的等同，不是自然語言的等同，而是藝術程序的等同。而那些程序不能孤立考量，必須置於運用它們的特定文化、時代的背景下才行。㉖

　　就讓我們以英國週日報紙彩色副刊裡的兩則廣告為例，一則推銷蘇格蘭威士忌，一則推銷馬丁尼，兩個產品的行銷，針對不同品味而設計。威士忌的市場比馬丁尼的年長而傳統，廣告內容便著力於強調產品品質、購買族群具有鑑賞力、產品能代表高社會地位等。此外還強調蒸餾過程完全天然而且品管嚴格，蘇格蘭的純淨水質以及釀造時間的漫長等等。廣告裡包含一篇文案以及產品照片。相較下，馬丁尼的行銷，訴求的是不同的社會族群，這個較新近的酒品必須能打動他們的心，才能使他們花錢購買。馬丁尼是以較年輕的風貌行銷，因此不太著墨品質的議題而強調產品能帶來時髦感。廣告照片裡的文字十分簡單，主要是俊男美女啜著馬丁尼，這是一群噴射機旅遊新貴族，他們活在美妙的夢幻世界裡，個個都是優渥富裕、魅力四射。這兩類廣告在英國已經定型成樣板，一眼就認得出來，而且常被諧擬。

　　同樣的產品在義大利新聞性週刊裡的廣告，一樣呈現兩種對立的形象——其中一者強調純淨、品質、社會地位，另一者強調魅力四射、精彩人生、時髦風尚而年輕活潑。不過在義大利的市場裡，馬丁尼已有長久歷史而威士忌是新來乍到的酒品，兩者在廣告裡所用的形象剛好跟英國的相反。這兩種產品在英、義兩個社會裡都用同一種行銷手法，只是運用的對象剛好對調。兩地賣的是同樣的兩種產品，卻

㉖ 例子可見於雷蒙・范・丹・布洛克的〈翻譯理論裡等同的概念：一些批判性的省思〉收錄於詹姆斯 S. 荷蒙斯（James S. Holmes）、荷賽・藍伯特（José Lambert）、雷蒙・范・登・布洛克（Raymond van den Broeck）所合編的《文學與翻譯》（*Literature and Translation*）。Louvain: ACCO, 1978。

在兩地代表不同價值觀。因此，威士忌在英國的社會，就像馬丁尼在義大利的社會。兩者可以歸於等同的一類，這點應該不難理解，反之亦然，因爲兩者在廣告裡顯示它們執行等同的社會功能。

穆卡洛夫斯基（Mukařovský）認爲文學文本有自主及溝通的雙重特性，洛特曼接續著發揮，主張文本**外顯**（以明確的符號表達）而**有限**（總是有個開始與結束），且具有**結構**，來自於其內在的組織。文本裡的符號與文本外的符號及結構，處於對立的關係。譯者必須記得其自主及溝通的層面，任何等同的理論都必須把這兩個元素納入考慮。⑦

翻譯裡的等同因此不應該是追求相同，因爲連在同一個文本的兩種同一外語譯本間，都不可能相同，更何況是原文語言與譯文語言的版本之間。波波維奇的四種類型提供了有用的起點，紐伯特的三種符號範疇則引導我們看出一個方向，原文與譯文之內在與二者所處環境，都各有其符號與結構，等同應視爲此符號與結構間的辯證。

失與得

一旦接受相同不可能存在於任何兩種語言之間的原則，才有可能進一步談論翻譯裡的**失與得**。從這裡又可看出翻譯的地位低落，否則何須花這麼多工夫來討論原文從原文語言到譯文語言間會失去什麼，卻忽略了能得到什麼，因爲有時譯者能讓原文變得更豐富或理路更清

---

⑦ 有關洛特曼理論進一步的討論，請參閱D.W. 福克馬（D.W. Fokkema）。〈俄國形式主義、捷克結構主義及蘇聯符號學之一脈相傳與演變〉（'Continuity and Change in Russian Formalism, Czech Structuralism, and Soviet Semiotics'）。PTL, I (1) Jan. 1976, pp. 153-96。以及安‧夏克曼（Ann Shukman）。〈實物的正典化：尤利‧洛特曼的文學理論與詩歌分析〉（'The Canonization of the Real: Jurí Lotman's Theory of Literature and Analysis of Poetry'）。PTL, I (2), April 1976, pp.317-39。

楚，是翻譯過程的直接結果。此外，通常原文的語境裡無法帶到譯文中而損失的部分，可以從譯文的語境裡找到補償，正如魏厄特（Sir Thomas Wyatt, 1503-42）與佘瑞（Earl of Surrey, 1517-47）所譯的佩脫拉克（參見「第二章・翻譯理論史」第63～65頁及「第三章・文學翻譯特有的問題」第139～146頁）。

關於翻譯中損失的問題，尤金・奈達提供了豐富的材料，特別是原文語言裡的說法或觀念在譯文語言裡不存在時，譯者所會遇到的困難。他引用南美洲委內瑞拉的瓜依卡語（Guaica）的情況為例，該語言在翻譯英語的 *murder*〔殺害〕、*stealing*〔偷竊〕、*lying*〔說謊〕等等，不花什麼工夫就能找到不錯的說法，但是用來表達 *good*〔好〕、*bad*〔壞〕、*ugly*〔醜〕以及 *beautiful*〔美〕的說法，則涵蓋極不相同的語意範圍。他便舉例指出，瓜依卡語就不採取 *good-bad* 二元對立的分類，而是採取三元分立的關係，如下所示：

(1) Good〔好〕包括美味食物、殺死敵人、嚼食少量毒品、用火刑教訓老婆讓她學會服從、從其他部落偷到東西。
(2) Bad〔壞〕包括腐爛的水果、任何有瑕疵的東西、殺死同部落的人、偷竊親戚的東西以及對別人說謊。
(3) Violating taboo〔犯忌〕包括亂倫、與岳母太親近、已婚女性在生頭胎子女之前吃獴肉、兒童吃鼠肉。

其實這種區別的例子，根本不需要遠赴歐洲之外尋找。芬蘭語對於各種不同的雪、阿拉伯語對於駱駝行為的不同層面、英語對於光和水、法語對於麵包等，各自都有大量的說法，從某個層次來看，全部給譯者帶來無法解決的難題。聖經譯者則記錄了許多其他難題，例如三位一體（Trinity）的觀念，或者某些文化裡的寓言的社會意涵等。除了語彙方面的難題，有些語言沒有能與印歐語系呼應的時態系統或者時間概念。沃夫便比較了一種「具時態的語言」（英語）與一種

「沒有時間概念的語言」（霍匹語[28]），這個比較恰可用來呈現這個層面（參見下圖）（雖然他的詮釋未必可靠，不過此處僅權充探討理論層面的例子）。[29]

觀察場域	說話者 （發信息者）	聽者 （接受信息者）	標的狀況的處理 第三者的奔跑動作
狀況1a			英　語：HE IS RUNNING 霍匹語：WARI（奔跑，陳述事實）
狀況1b 觀察場域空無一人， 沒有跑者			英　語：HE RAN 霍匹語：WARI（奔跑，陳述事實）
狀況2			英　語：HE IS RUNNING 霍匹語：WARI（奔跑，陳述事實）
狀況3 觀察場域空無一人			英　語：HE RAN 霍匹語：ERA WARI（奔跑，靠記憶陳述之事實）
狀況4 觀察場域空無一人			英　語：HE WILL RUN 霍匹語：WARIKNI（奔跑，陳述期待）
狀況5 觀察場域空無一人			英　語：HE RUNS（例如，談論田徑隊） 霍匹語：WARIKNGWE（奔跑，陳述定律）

---

[28] 〔譯者按〕分布於美國西南，加州與亞利桑納州交界一帶的原住民族群，今僅餘數千人。

[29] 班傑明・李・沃夫（Benjamin Lee Whorf）。《語言、思想與現實（文選集）》（*Language, Thought and Reality* (Selected Writings)）。J. B. 卡羅（J.B. Carroll）。Cambridge, Mass.: MIT Press, 1956, p.213。

不可譯性

每當譯者遇到這種困難，文本可譯性的大議題，立刻又整個浮上檯面。凱弗得便區分了兩種類型的不可譯性，他各以語言性的不可譯性與文化性的不可譯性名之。在語言的層面，當譯文語言沒有可用的語彙或句法可替換原文語言的說法時，不可譯性便發生了。因此，德語的 *Um wieviel Uhr darf man Sie morgen wecken?*〔直譯：大約多少點鐘准許你她早晨叫醒？〕與丹麥語的 *Jeg fandt brevet*〔直譯：我發現信那封〕[30]，兩者都不可譯，因為兩句都用到英語沒有的結構。然而兩者都可以翻譯成英語，只要善用英語結構裡的規則，任何譯者都會毫不猶豫地重建德語裡的語序，並把丹麥語裡後位定冠詞移到英語常模所接受的位置，將兩句各譯成 *What time would you like to be woken tomorrow?*〔明早幾點叫您起床？〕以及 *I found the letter*〔我找到那封信〕。

凱弗得提出的語言性的不可譯性，波波維奇同樣有提出，內涵直接明瞭，但是第二種不可譯便會有較多問題。他的論點是，語言性的不可譯性是來自原文語言與譯文語言的差異，而文化性的不可譯性則是因為譯文語言的文化裡，缺乏任何中肯的情況特徵（situational feature）好適用於原文文本。他引用英語、芬蘭語與日語環境中，*bathroom*〔浴廁〕的不同概念為例，這個研究對象及這個對象字眼的用法，在這些環境裡都大不相同。但是凱弗得同時聲稱，較抽象的語彙，如英語說法裡的 home〔家〕或 democracy〔民主〕，便不能說是不可譯，而且他爭辯英語中的句子 *I'm going home*〔我將要回家〕，或者是 *He's at home*〔他在家〕，「在大半語言都有現成的等

---

[30] *Brevet* 末的 *et* 為其定冠詞。故「信件」之丹麥文原形為 *brev*，若 *et* 加在前則為不定冠詞，即 *et brev*，為泛指之信件，如英文之 a letter；但是特定某一封信則 *et* 附於後，即 *brevet*，即英文的 the letter。

同翻譯。」而 *democracy* 這個字更是國際共享。

　　片面來看，凱弗得並沒錯。英語的片語可以譯成絕大部分歐洲的語言，*democracy* 也是國際通用的字眼。可是他未能把兩個會影響意涵的因素納入考慮，這似乎正是以過度狹隘的觀點來看待不可譯性這個議題會有的典型問題。假如 *I'm going home* 譯成 *Je vais chez moi*〔我要回我的住所〕，原文句子的意義內容（亦即原句是一個語氣自我肯定的聲明，表達前往住處或／及出生地的意圖），僅僅約略帶到而已。假使這句話出自客居倫敦的美國人之口，意思可能有兩個，回到他該市暫住的「家」或者回到大西洋彼岸的家，端看發語時的情境而定，但在法語，這個差異就必須運用兩個不同的說法才能點出。除此之外，英語的說法 *home*，就像法語裡的 *foyer*〔家〕，有諸多聯想意涵，不是 *chez moi* 這個意義較狹隘的片語所能翻譯。因此 *home* 所帶來的諸多困難，必然跟芬蘭語或日語裡的 *bathroom* 所帶來的不相上下。

　　至於 *democracy* 的翻譯，情況則更加錯綜複雜。凱弗得覺得這個字眼廣泛存在於許多語言的語彙裡，儘管所關聯的是不同的政治狀況，其所處情境必然能引導讀者選取適用的情況特徵。這裡的問題是，讀者對這個字眼的概念，是來自自己所處的文化環境，於是便只採用此專屬化（particularized）的觀點。因此，出現在下列三個名詞片語裡的形容詞 *democratic* 的差異，來自三種完全相異的政治概念的基礎：

the American Democratic Party
〔美國民主黨〕
the German Democratic Republic
〔德意志人民共和國，即前東德〕
the democratic wing of the British Conservative Party
〔英國保守黨民主派別〕

所以儘管這個字眼盛行國際，它在不同環境裡的用法顯示，可供選取中肯情況特色的共享基礎已不復存在（就姑且假定曾經有過罷）。假如我們認為文化是動態的，那麼有關社會建構的術語的定義也必然是動態的。洛特曼指出，文化的符號學研究不只認為文化的運作有如一個符號系統，更強調一件事，「**文化與符號以及文化與指涉的關係，是構成文化基本的外貌特徵的要素**」[31]。凱弗得所採取的前提已然不同，更因為未能深入探討語言文化的動態本質，於是他自毀親手建立的**文化性的不可譯性**這個範疇。只要文化內在的主要塑範系統是語言，文化性的不可譯性就**必然**隱含於任何翻譯程序之中。

達伯涅（Darbelnet）與文奈（Vinay）在其用處良多的著作《英法文風格比較》（*Stylistique comparée du français et de l'anglais*）裡[32]，詳盡分析兩種語言的語言性差異，這些差異正是造成二語那些不可能互譯的地方。可是，在這個議題上，又是波波維奇，嘗試以不割裂語言與文化的方式，來定義不可譯性。波波維奇區分出兩種不可譯性。第一種的定義如下：

當原作的語言元素，無法在結構、線性（linear）、功能或語意方面，找到本義或引申意義相當的翻譯時。

第二種則超越純粹語言的層面：

當原作裡的表意關係，亦即創作主體與其語言表達兩者的關係，在翻譯語言裡無法找到足以取代的語言表達方式時。

---

[31] 洛特曼與伍斯班斯基，出處同前。

[32] J.L. 達伯涅（J.L. Darbelnet）與 J.P. 文奈（J.P. Vinay）。《英法文風格比較》（*Stylistique comparée du français et de l'anglais*）。Paris: Didier, 1958。

第一種可謂呼應了凱弗得分類裡的語言性的不可譯性，第二類則包括像 *Bon appetit* 這種片語，或者是日常丹麥語裡別具趣味的一系列答謝詞。布列茲多夫（Bredsdorf）為英語讀者所著的丹麥語文法書，為這類說法在不同情境裡的用法，提供了詳盡的解說。例如 *Tak for mad* 這個片語的解釋裡便聲明，「這是主人或者女主人在餐後對客人或家人所說的話，英語裡並沒有這種說法可用來翻譯。」

義大利語 *tamponamento*〔追撞〕若放在 *C'è stato un tamponamento.*〔有個追撞事件〕這句子裡也是一例，只是還要更難一些。

英、義語十分相近，在句構元素（component parts）以及字序上，可以大略複製句子安排的方式，因此這句話似乎完全可譯。其中概念也屬可譯：一件在過去發生的事，在現在報導。困難是在於翻譯義大利語裡的名詞，到了英語中會變成名詞片語。下列譯文納入英義句法差異：

There has been / there was a slight accident (involving a vehicle).
〔曾經發生 / 一件小意外（與汽車有關）〕

因為時態語法的差異，譯句會有兩種譯法，視上下文而定，又因為名詞片語較長，只要接收此消息的人，能以與句子無關的外在情況判斷意外輕重，有可能再截短譯文。不過 *tamponamento* 的意涵，若視為義大利社會整體所呈現的現象來處理，那麼，不了解義大利人的駕駛習慣、「輕微意外」的頻繁程度、這類意外在他們心中的分量與重要等等，就不可能完全了解這個字。簡言之，*tamponamento* 做為符號，其意義乃文化界定或依情境而異，就算運用解釋性的句子都沒辦法翻譯。也就是說，發語人與其語言表達方式的關係，無法充分翻譯出來。

波波維奇的第二類，亦如凱弗得的第二類，展示了描述、定義可譯性的限度的種種困難，只是凱弗得從語言學內發展出來，而波波

維奇的出發點包含了文學溝通理論。波古斯拉夫·羅文多斯基（Bo-
guslav Lawendowski）曾著論文試圖總結翻譯研究與符號學的現狀，
他覺得凱弗得「與現實脫節」[33]，喬治·穆南則覺得不可譯性已浪費
大家太多關注，導致譯者在現實裡必須處理的問題未獲解決。

　　穆南承認語言學的進步讓翻譯研究獲益良多；結構語言學的發
展，索緒爾（Saussure）、杰姆斯列夫（Hjelmslev）、莫斯科與布拉
格的語言學派等的研究，都有重大的價值；杭士基（Chomsky）及
轉形語言學家們（the transformational linguists）的研究，也都有其影
響，特別是語意學方面的研究。穆南認為，由於當代語言學的發展，
我們可以（也不得不）接受下列事實：

　　(1) 個人經驗之獨特處不可譯。
　　(2) 理論上，任何兩種語言的基礎單位（例如音素、語素（mo-
neme）等等），未必總有對應。
　　(3) 溝通只有把說者與聽者、作者與譯者等，依各別狀況來處
理，才有可能。

換言之，穆寧相信語言學展示了翻譯是對話的過程，而且有辦法達
成，只是程度高低的問題：

　　翻譯的起點總是最清楚的情況、最具體的信息、最基本的通則。
但是隨著納入語言為不可分割的整體的概念，再加上其中最主觀的信
息，再經由細審其共通狀況及需要釐清卻治絲益棼的關聯，於是，無

---

[33] 波古斯拉夫·P·羅文多斯基（Boguslav P. Lawendowski）。〈從符號學看翻譯〉（'On Se-
miotic Aspects of Translation'）。收錄於湯瑪士·賽貝克（Thomas Sebeok）編。《視覺、聲
音、感官》（*Sight, Sound and Sense*）。Bloomington: Indiana University Press, 1978, pp.264-
83。

庸置疑，翻譯永遠無法達成完全的溝通，但這點也正顯示出它也永遠不是全然不可能。㉞

　　正如前面所提到，譯者的任務，顯然就是解決問題，即使是再令人望而生畏的也要嘗試。任何對策之間可能差異極大；譯者如何依據某個假設的參考系統來決定何為定質信息，這個過程本身就是創作的行為。李維強調翻譯裡直覺的元素：

　　正如所有符號處理過程，翻譯也有其實務象限（*Pragmatic dimension*）。翻譯理論總好奠定常模，教導譯者如何達到**最佳解決之道**；現實生活裡的翻譯，其實必須務實而為；譯者從可行的解決之道裡，尋找能以最少的工夫達到最大成效的譯法。也就是說，譯者本能地採取所謂「事半功倍策略」（MINIMAX STATEGY）。㉟

可見性

　　1990年代，翻譯研究新出現的關鍵字裡，「可見性」（visibility）算是數一數二要緊。該詞出現在勞倫斯・韋努堤在他的翻譯史《看不見的譯者》（*The Translator's Invisibility*），韋努堤認為，當代的英美文化對翻譯重要性的肯定，幾近乎零，於是基本上視譯者與其成果為無物。譯文必須把所有顯示其異國源頭的痕跡消除，才會被視為可接受的翻譯，而理想的翻譯讀來應該通順流暢，以營造淺白易讀的假相。韋努堤指出，這種做法不僅貶低譯者的功勞，而且是以英

㉞ 穆寧，出處同前，279頁。

㉟ 李維（Jiří Levý）。《文學翻譯：理論或藝術》（*Die literarische Übersetzung. Theorie einer Kunstgattung*）。華特・夏舒拉（Walter Schamschula）譯。Frankfurt am Main: Athenaion, 1969。

語為獨尊的自滿心態，在他看來，表現在國內是種仇外心態，在國外則是帝國主義。韋努堤提出世界上翻譯數量的數據支持其論點，將其他語言的作品譯入英語的譯案，比起英語作品譯成其他語言的譯案，簡直少得可憐。他也指出，譯者也配合這個行業的現況，選擇讓自己在翻譯中隱身不見，他向讀者與譯者呼籲，要三思他所謂的「翻譯的自族優越暴力」（the ethnocentric violence of translation），敦促他們要致力凸顯一個事實，譯作是產生自其他文化脈絡的產物：

> 我所提倡的，不是把所有外國文化都一視同仁給予肯定，或者在形而上的概念層次視異國特質為一項基本價值……我的重點毋寧是多方運用理論上、批評上以及文本上的工具，讓翻譯能成為互異的場域來加以研究與實作，而非今日翻譯界廣泛存在的一切同化。

韋努堤這樣揭竿而起的號召行動，其後續發展的重要性不可低估。1813年弗列迪區・史萊瑪赫（Friedrich Schleiermacher）將翻譯策略區分為兩種，一種將原文本土化，於是譯本讀來有如最初便是以譯文語言所寫作，另一種則利用異化的手法，尋找方式來擴展譯文語言。韋努堤用史萊瑪赫的區分來支持其論點，而將異化視為優越於本土化（或如周知的說法「去文化性」）的翻譯方法。韋努堤於其較晚的著作《翻譯界的醜聞：走向重視差異的職業道德》（*The Scandals of Translation: Towards an Ethics of Difference*, 1998），更進一步主張「本土化」與「異化」顯示對異國文本與文化所採取的基本職業道德態度。本土化配合目標文化的期待、價值觀與常模，而異化則挑戰讀者，讓他們察覺所面對的文本來自超乎他們已知的領域。

韋努堤談到英語世界對翻譯所持的態度，但他對譯者要求更多認同的號召，廣獲世界各地研究翻譯的學者回響，我們可以看到日益增加的學術論文把焦點放在譯者的仲介上。這個重評譯者的創作角色的行動，也激發了安德烈・勒菲弗呼籲必須視翻譯為再創作，承認譯者

也是創作者，爲新的讀者群創作新的文本。勒菲弗在他出版於1992年的《翻譯、再創作以及文學名聲的操作》（*Translation, Rewriting and the Manipulation of Literary Fame*）裡指出，大半讀者所讀的文學作品，並非原作者的原貌，而是其再創作者的再創作文字。[36]

一門學問還是「次等活動」？

翻譯研究的目的，是爲了對翻譯行爲中所發生的事情有所了解，而非一般人的認知，也就是爲了得到某種常模體系，好讓完美的翻譯得以產生。這就如同文學批評的目的並非提供創作指導，好讓終極詩篇或小說得以產生，文學批評的目的在於了解在文藝作品本身及周圍運作的內在與外在結構。翻譯的實務象限無法歸類，就如同任何文本的「靈感」無法加以界定並設定。一旦能接受這兩個觀點，則翻譯研究揮之不去的兩個夢魘議題也就能順利化解，其一是翻譯能不能成爲一個學門這個難題，其二是翻譯行爲是否爲「次等活動」。

前面的討論幾乎已清楚顯示，任何關於翻譯是否爲一個學門的爭論都已過時：「翻譯研究」這個學門，已經是一門研究翻譯過程的嚴肅學問，企圖釐清等同的議題，並深入探討翻譯過程中是什麼構成意義。但是沒有哪一派理論會自以爲是常規定律，儘管勒菲弗對於此學門的目標曾聲明，完備的理論也不妨能做爲產生譯作的**方針**，但這個跟主張翻譯研究的目的在於制定翻譯定則，恐怕相去甚遠。

只要我們能接受翻譯的實務元素涵蓋廣泛，並且釐清作者／譯者／讀者的關係，就能立刻清除翻譯是次等活動的迷思，以及因爲這種評價而帶來的種種與地位低落有關的論點。以圖表呈現翻譯過程中的溝通關係便能看出，譯者既是接收者也是發送者，身兼兩條獨立卻相

---

[36] 安德烈・勒菲弗（André Lefevere）。《翻譯、再創作以及文學名聲的操作》（*Translation, Rewriting and the Manipulation of Literary Fame*）。London and New York: Routledge, 1992。

接的溝通鏈，身兼一者的結束與另一者開始：

作者 → 文本 → 接受者＝譯者 → 文本 → 接受者

　　昔日的各種區分法，運用「科學與創意對立」這類術語，企圖貶損翻譯的研究與實務，如今翻譯研究都已加以超越。理論與實務密不可分而且並不相互衝突。了解過程對生產活動有益無害；過去以階級概念來分析「創作力」以什麼構成，但既然翻譯的成品產自一個在語意、句法及語法層面上解碼與重新編碼的複雜系統，自然不能再運用這過時的概念來衡量。

　　有關翻譯研究與翻譯本身的論戰，奧大維歐・帕茲在他那本論翻譯的精簡著作裡已做出總結。一切文本，他堅稱，都是某個文學系統的一部分，而這個系統又源自並牽連其他系統，因此一切文本都是「翻譯的翻譯的翻譯」：

　　每個文本都獨一無二，然而同時又是另一個文本的翻譯。沒有任何文本是全然原創，因為語言本身在本質上就已經是某種翻譯：首先，語言是非語言的世界的翻譯，再者，每個符號與每句話都是另一個符號與另一句話的翻譯。然而，這種論點反過來推也一樣言之成理：所有文本都是原創，因為每次翻譯過程都各不相同。每次翻譯過程中都有相當部分的創新發明，而這個便讓每個文本獨一無二了。㊲

㊲ 奧大維歐・帕茲（Octavio Paz）。《翻譯：文學與直譯性》（*Traducción: literature y literalidad*）。Barcelona: Tusquets Editor, 1971, p.9。

第二章　翻譯理論史

　　任何有關翻譯研究這個學門的介紹，若未能納入以歷史觀點切入的探討，就絕不算完備，然而其工程浩大，恐怕以一整本書都無法充分達成，何況僅僅以一個章節。本書在有限的時間與空間裡，將檢視歐洲與美國在不同時期處理翻譯的基本**切入角度**是如何形成，以及思考翻譯的角色與功能如何演變。例如，以**字換字**與**以意換意**這兩種翻譯觀的區分，在古羅馬時期就已建立，直到今日都仍能以不同的形式成為爭論的重點，而翻譯與國家概念的興起之間的關係，顯示文化概念各自發展後所代表的意涵。在學者們如火如荼把古典希臘羅馬大師的作品一譯再譯的幾個世紀裡，聖經譯者所受的迫害，其實是連接資本主義興起而封建制度衰微這個發展的重要環節。浪漫時期那些偉大的英文、德文翻譯家的詮釋角度，也以同樣的方式，轉變了個人對所處社會該扮演什麼角色的概念。因此，有關翻譯的研究，特別是通史的研究，是文學史與文化史不可缺少的一部分，這點至為要緊。

「時期研究」的問題

　　喬治・史坦納（George Steiner）在《巴別塔後》（*After Babel*）裡[1]，將有關翻譯的理論、實務及歷史等的文獻區分為四個時期。他主張，第一個時期涵蓋的範圍從西塞羅（Cicero）與霍瑞斯（Horace）的論點以降，到1791年亞力山大・費雪・提特勒的《翻譯原則》出版為止。這個時期的主要特質是「關注立地實證」，也就是說翻譯的論點或理論，直接從翻譯的實務工作裡發展出來。史坦納的第二個時期則下探至1946年賴赫包（Valery Larbaud）的《聖杰洛姆的翻譯大願》（*Sous l'invocation de Saint Jérome*）出版為止，這個時期的特質在於它是一個理論與釋經式探究的時期，研究翻譯的詞彙與方

---

[1] 喬治・史坦納（George Steiner）。《巴別塔後》（*After Babel*）。（London: Oxford University Press, 1975）。

法論在這個時期發展出來。第三個時期從1940年代首次有探討機器翻譯的論文出版開始，它的特質在於結構語言學與溝通理論此時加入了對翻譯的研究。史坦納的第四個時期與其第三個時期重疊，從1960年代早期開始，其特質為「重返釋經之路，以近乎形而上的方式探索翻譯與詮釋」；簡言之，就是新的翻譯觀將此學門的格局擴大，納入許多其他學門：

　　古典語文學（classical philology）與比較文學、語彙統計、人種誌、研究階級與語言關係的社會學、形式修辭學（formal rhetoric）、詩學以及有關文法的研究等，聯手企圖釐清翻譯的行為與「跨語言的生命」過程。

　　史坦納的斷代儘管有趣而具洞見，卻也顯示以通史觀來研究翻譯的困難，例如他的第一時期就涵蓋了一千七百年，而末兩期則僅三十年左右。他對於這個學門近期的發展，不但見解平實中肯，他用來形容第一時期的特質，今日同樣明顯見諸個別譯家所累積的心得與譯論。他的四段分法，別的且不深究，純屬個人特殊觀點，但幸而他設法避開一個陷阱：文學史所用的時期化、斷代化。正如洛特曼提出，以年代做為時期的分隔依據幾乎不可能，因為人類的文化是動態的系統。企圖以明確的時間界線來劃分文化發展的階段，已經與其動態本質衝突。有個絕佳的例子，正好可以展示「時期化」所帶來的困難，那就是以時間界線來劃分出文藝復興時期。有大量的文獻企圖為下列議題定案：佩脫拉克與喬叟應該屬於中世紀或文藝復興時期的作家、哈布雷（Rabelais）[2]是否為太晚誕生的中世紀心靈、但丁是否為早

---

[2] 1495-1553，為該時期法文學家，所著五部曲之小說《巨人父子遊記》（*The Life of Gargantua and of Pantagruel*）風格幽默諷刺，為該時期法文學巨著，作者在書中以希臘文發明之數百個新字，有些已成為今日法文的一部分。

誕生了兩個世紀的文藝復興心靈。諸如此類的觀點，用來探索翻譯恐怕用處有限。

然而，某些翻譯概念各在不同時期盛行，所涵蓋年代明確可指，則是不爭的事實。T. R. 史泰納（T.R. Steiner）[3]以約翰·丹南勳爵（Sir John Denham）開始到威廉·庫柏（William Cowper）為止，以1650年與1800年兩個整數年分切出一個時期，來研究十八世紀盛行的譯者為畫家或模仿者的概念。安德烈·勒菲弗[4]所編輯的翻譯研究文獻論文集，將德文的翻譯傳統追溯至路德，下接高榭（Gottsched）以及歌德（Goethe）到史列格兄弟（Schlegels）以及史萊瑪赫（Schleiermacher），並以羅森茲維格（Rosenzweig）做結。F. O.麥迪森（F.O.Matthiesson）分析了英國十六世紀的四位主要翻譯家（哈畢（Hoby）、諾爾斯（North）、弗洛瑞歐（Florio）以及費勒蒙·霍蘭（Philemon Holland））[5]，他的方式也許沒那麼有系統，但是仍遵循特定的時間架構；提摩西·韋伯（Timothy Webb）研究雪萊的翻譯成就所用的方法[6]，則包含仔細分析這位翻譯家的翻譯成果，並參看對照雪萊其他所有作品，以及其同時代對翻譯的角色與地位所抱持的概念。

這類研究不受僵化的時期概念所束縛，希望能有系統研究翻譯概念的演變，同時關照了構成所處文化的符號系統，這對從事翻譯研究

---

[3] T. R. 史泰納（T.R. Steiner）。《英文翻譯理論，1650-1800》（*English Translation Theory, 1650-1800*）。Amsterdam and Assen: Van Gorcum, 1975。

[4] 《翻譯文學：德國傳統，從路德到羅森茲維格》（*Translating Literature: The German Tradition. From Luther to Rosenzweig*）。Amsterdam and Assen: Van Gorcum, 1977。

[5] F. O. 麥迪森（F.O.Matthiesson）。《翻譯：伊莉莎白時期的藝術》（*Translation: An Elizabethan Art*）。Cambridge, Mass.: Harvard University Press, 1931。以下諾爾斯及霍蘭的引述皆出自此書。

[6] 提摩西·韋伯（Timothy Webb）。《熔爐中的紫羅蘭》（*The Violet in the Crucible*。London: Oxford University Press, 1976。

的學者十分有價值。這的確是未來的研究能開發的豐饒天地。然而，對於以往的翻譯家及譯作的研究，往往把太多關注放在影響這個議題上；即譯作對於所處文化環境裡所帶來的影響，而非創作出該譯作所牽涉的過程，以及創作背後的理論。例如翻譯對古羅馬文學正典發展的影響，已有相當數量的評論文獻，但是英文世界仍未有系統地研究古羅馬的翻譯理論。麥迪森雖然做了下列結論，「研究伊莉莎白時期的翻譯，就是研究文藝復興如何來到英格蘭的方法」，卻未曾以任何嚴謹的學術研究提出佐證。

　　若要建立某種研究翻譯的路線系統，時間上能從西塞羅涵蓋到現在，最好的方式似乎是採用靈活鬆動的時間架構，別企圖劃分界線明確的斷代。因此，我避免使用明確的時代概念詞，如「文藝復興時期」或「古典時期」的翻譯概念，它們都失之空泛，而採取**發展路線**的追溯，當然，如此一來，未必能有明確可定的時間範圍。「以字換字」對「以意換意」的路線便一次又一次浮現，受強調的程度各有不同，端視當時之語言與溝通的概念為何而定。這種章節的目的，必然是提出問題而非解答問題，指出各個尚待進一步研究的領域，而非自欺欺人提出自詡蓋棺論定的歷史。

古羅馬人

　　艾瑞克‧雅克生[7]聲稱翻譯是古羅馬人的發明，恐怕有失籠統；儘管如此評語失之浮濫，卻也可做為出發點，來細驗古羅馬時翻譯所擔任的角色與所享地位。西塞羅與霍瑞斯兩人論翻譯的看法，對後世無數世代的譯者影響重大，兩人討論翻譯也都是涵蓋在詩人的兩項主要功能這個大背景下：獲得並傳播智慧這個天下人都共承的責任，以

---

[7] 艾瑞克‧雅克生（Eric Jacobsen）。《翻譯，一項傳統技術》（*Translation, A Traditional Craft*）。Copenhagen: Nordisk Forlag, 1958。

及創作並塑造詩歌這門特殊藝術。

　　翻譯在古羅馬文學裡的地位，往往被拿來攻擊古羅馬作家沒有能力創作屬於自己的、具想像力的文學作品，至少到公元前一世紀是如此。古希臘人具創意的想像力與古羅馬人的務實頭腦，是常遭凸顯的對比，而古羅馬人對於所師法的古希臘典範的讚頌，常被視爲他們缺乏原創力的證據。然而這類一概而論的看法所隱含的價值評斷根本錯誤。古羅馬作家視自己爲其古希臘典範的延續，古羅馬的文學批評家討論古希臘文本時，完全不把文本使用何種語言視爲任何方面的制約因素。古羅馬文學系統建立了一套跨越語言藩籬的文本作家等級系統；換個角度看，此系統反映了古羅馬人理想中階級分明卻愛護人民的中央集權國家，其基礎是理性的法則。西塞羅指出，心靈統轄身體就像國王統治子民或父親管教子女，但是他警告，理性若像主人管理奴隸般掌控一切的話，「它會壓抑並壓垮一切」。[8]就翻譯而論，理想的原文文本應當拿來模仿，而非僵化地應用理性而將它壓垮。西塞羅中肯地點出兩者差異：「假如我以字譯字，結果必然讀來笨拙，假如我受迫於需求而更動了遣辭用字的順序，我似乎又背離了譯者的功能。」[9]

　　霍瑞斯（Horace）與西塞羅兩人在他們論翻譯的論點裡，都爲以**字換字翻譯**與**以意換意**（即**意象換意象**）翻譯，做出重要的區分。經由翻譯來豐富母語的語言與文學的基本原則，發展出強調譯文的美學標準，而不強調更嚴格的「忠實」概念。霍瑞斯於其《詩學》（*Art of Poetry*）警告讀者勿對原文模範亦步亦趨模仿：

---

[8] 西塞羅（Cicero）。〈對與錯〉（'Right and Wrong'）。收錄於《拉丁文學》（*Latin Literature*）。M. 葛蘭特（M. Grant）編。Harmondsworth: Penguin Books, 1978, pp.42-3。

[9] 西塞羅（Cicero）。《演講藝術》（*De optimo genere oratorum*）。《洛甫古典叢書》（Loeb Classical Library）。H.M. 哈貝爾（H.M. Hubbell）譯。London: Heinemann, 1959。

主題若熟悉則可資己用，但勿浪費時間處理陳腔濫調即可；也切勿做個奴隸般的譯者，原作一字你亦一字，在模仿其他作家時，也不要讓自己的羞愧或自己立下的法則阻止你解放自己，因而自陷泥坑。[10]

既然豐富自身文學系統這個程序，是古羅馬人翻譯觀不可分割的部分，那麼發現其中也涉及豐富其語言的意圖，也就不令人意外了。由於借字與造字的風氣盛極一時，霍瑞斯儘管建議想成為作家的人，要避免落入「奴隸般的譯者」的陷阱，卻也建議新字要用得精省。他把新字增加、舊字凋零的過程比擬成春秋兩季裡的換葉，認為經由翻譯汲取文化養分，既理所當然也求之不得，只要作者能適度運用的話。因此，譯者的藝術對於霍瑞斯與西塞羅而言，包括明理睿智地詮釋原文，好讓產生的譯本能合乎 *non verbum de verbo, sed sensum exprimere de sensu*（亦即，勿以字換字來表達，而是以意換意）的原則，此外譯者要負責的對象是譯文讀者。

不過，古羅馬人利用翻譯汲取文化養分的概念，還有額外的層面極其重要，古希臘文具有崇高地位，是代表文化的語言，而受過教育的古羅馬人都有能力直接閱讀原文的文本。一旦納入這些因素，譯者與讀者的位置改變了。古羅馬讀者一般都能將譯文視為對應於原作的後設文本（metatext）。翻譯的文本是**透過**原文來閱讀，反觀單語讀者，他們只能透過譯文來接近原文。對於古羅馬譯者而言，把文本從一語言傳送到另一語言的任務，可視為比較文體風格的練習，因為他們免於必須「傳達」形式或內容**本身**的艱鉅工作，因此也就無須受原作架構的牽制。因此，好譯者事先假定讀者也熟悉原作，並且以這個想法為發展基礎，因為任何對他翻譯技巧的評估，根據的是他能從其

---

[10] 霍瑞斯（Horace）。《詩歌的藝術》（*On the Art of Poetry*），收錄於《古典文學批評》（*Classical Literary Criticism* [Harmondsworth: Penguin Books, 1965], pp.77-97）。

仿效的作品裡習得的創作手法。朗吉納斯（Longinus）在他的《論崇高》[11]（*Essay on the Sublime*）裡，引用「模仿並追隨昔日偉大的史學家與詩人」作爲通往崇高之路，而翻譯在古羅馬的文學創作概念裡，是模仿的一個層面。

古羅馬的翻譯作品因此可以視爲獨一無二，因爲它們發自對文學創作的願景，追隨跨越語言藩籬的傳世巨作。此外，也不應忘記，隨著羅馬帝國的版圖擴張，雙語及三語社會愈來愈普遍，而書寫與口說拉丁文之間的鴻溝日漸加深。古羅馬譯者所明顯享有的特權，在十七及十八世紀雖常被引述，若要加以討論，必須以此譯法所處的整個系統爲背景來看才行。

聖經翻譯

隨著基督教的擴張，翻譯漸漸多了另一個角色，也就是傳播上帝的話。像基督教這麼倚重文本的宗教，交付其譯者的任務，既包括美學也包括教義的標準。聖經翻譯的歷史，因此也是西方文化史的縮影。新約的翻譯產生甚早，聖杰洛姆那部著名而頗受爭議的譯本，乃受教宗戴馬穌斯（Pope Damasus）於西元384年委任翻譯，對後世譯者影響巨大。聖杰洛姆（St. Jerome）依循西塞羅的原則，堅稱他是以意換意，而非以字換字，但是修辭的調度與異端的詮釋兩者之間僅一線之隔，這個問題成爲世代以降難以迴避的絆腳石。

聖經翻譯一直是關鍵議題，甚至到十七世紀都是如此，其問題隨著國族文化的概念的成長與宗教改革的來臨而更加嚴重。隨著國族國家興起而教會集權體制衰微，在語言方面，拉丁文共通語言的獨尊地

---

[11] 朗吉納斯（Longinus）。《論崇高》（*Essay On the Sublime*）。收錄於《古典文學批評》（*Classical Literary Criticism*）。Harmondsworth: Penguin Books, 1965, pp.99-156。

位也不保，於是翻譯在教條與政治的衝突裡，被拿來當做武器。[12]

　　第一部英譯全本聖經是懷克利夫聖經（Wycliffite Bible），產生於1380到1384年之間，是風起雲湧的宗教改革潮流的一部分，它揭開了方興未艾的英譯聖經偉大盛事，與書寫文本在教會裡該扮演什麼角色的態度轉變有關。約翰・懷克利夫（John Wycliffe, 約1830-84）是位著名的牛津神學家，他提出「神恩直轄」（dominion by grace）的理論，也就是說人類直接對上帝及袖的法律負責（懷克利夫所指的不是教會法〔canon law〕而是聖經裡的教誨）。既然懷克利夫的理論認為聖經可以適用於全人類的生活，由此推之，則人人都應該有權力以自己懂的語言來閱讀這部重要的經典，也就是以各國語言撰寫。懷克利夫的觀點雖吸引了一群追隨者，卻被視為異端邪說，他跟他的追隨者遭譏斥以「無賴異端教派」（Lollards）之醜名，但是他開創的譯經工作在他死後持續蓬勃發展，其門人約翰・伯維（John Purvey）於1408年（第一個標示年分的手稿）重修第一版。

　　第二版懷克利夫聖經包含一篇總序，作於1395至96年間，總序的第十五章描述翻譯過程的四個階段：

　　(1) 集體合作來蒐集各種舊聖經及其註解，以建立一部信實可靠

---

[12] 有關聖經翻譯史的文獻著作可謂多如河沙，尤金・奈達所著的《邁向翻譯的科學》（*Towards a Science of Translating*）[Leiden: E.J. Brill, 1964]）裡有一份非常廣泛的書目。此外，還有幾本英語書寫的著作，對此主題提供有用的介紹：F.F. 布魯斯（F.F. Bruce）的《英文聖經：各譯本的歷史》（*The English Bible: A History of Translations* [London: Lutterworth Press, 1961]）；A.C. 巴翠紀（A.C. Partridge），《英文的聖經翻譯》（*English Biblical Translation* [London: André Deutsch, 1973]）；W. 史瓦濟（W. Schwarz），《聖經翻譯的原則與問題：改革的爭議與其背景》（*Principles and Problems of Biblical Translation: Some Reformation controversies and their Background* [Cambridge: Cambridge University Press, 1955]）；H. 惠勒・羅賓生（H. Wheeler Robinson）編輯的《古代與英文中的各版聖經》（*The Bible in its Ancient and English Versions* [Oxford: The Clarendon Press, 1940]）。

的拉丁文原文；

　　(2) 比較各個版本；

　　(3) 遇到難字及艱深經義則請教「文法及神學方面的耆宿」；
並且

　　(4) 把「句子」（也就是意義）譯得儘量清楚，而且譯文由一群
人通力合作來校訂。

　　既然翻譯的政治功能，是讓聖經的全文隨人可讀，這讓譯者在優
先順序上採取了一個明確的態度。伯維的前言清楚表明，譯者「逐
句」（即意義）來翻譯，而非逐字，「於是英文的句子能與拉丁文一
樣通順〔直白〕，或更加如此，並且不遠離其大意」。其目標是能譯
出通順並口語化的版本：甚至連平民信徒都能使用。伯維修訂過的
一百五十部厚重的聖經譯本，在1408年7月遭禁之後，依然有人甘冒
被逐出教會之險來暗中傳抄，不顧譯本並不受地方主教或政府單位准
許，其重要程度由此可見一斑。編年史家尼夫頓（Knyghton）哀悼
「福音的珍珠流散海外，遭豬玀踐踏」，此說顯然與懷克利夫譯本廣
爲流傳的事實不符。

　　在十六世紀，由於印刷術的出現，使聖經翻譯史開拓出廣大新天
地。在懷克利夫譯本之後，下一部偉大的英譯聖經，是威廉・廷戴爾
（William Tyndale, 1494-1536）於1525年印行的新約聖經。廷戴爾表
明他的翻譯意圖同樣是爲平民信徒譯出最通順可讀的版本，在他於
1536年遭火刑處決之前，他已經自古希臘文譯出新約聖經，並從古希
伯來文譯出舊約聖經。

　　十六世紀裡，聖經有大量的各種歐語譯本問世，既有新教的版
本，也有天主教的版本。1482年，希伯來五經（Hebrew Pentateuch）
在波隆那印行，而全本希伯來聖經在1488年問世，荷蘭的人道主義者
伊拉斯謨斯（Erasmus）1516年在巴索（Basle）出版了第一部直接譯
自古希臘文的新約聖經。這個譯本成爲馬丁・路德（Martin Luther）

1522年德文版聖經的基礎。新約聖經於1529年及1550年兩度譯成丹麥文，1526至41年譯成瑞典文，1579至93則譯成捷克文。英、荷、德、法等語言，則持續有新譯本與現行譯本的修訂本問世。下列伊拉斯謨斯的這段話，大概可以總結聖經翻譯的宣教精神：

　　我願讓所有女性能閱讀福音與保羅的書信，我向上帝祈求它們能譯成世界上人類所用的每一種語言，不但販夫走卒能讀能懂，就連土耳其人與撒拉辛尼人（Sarracenes）也一樣……我向上帝祈求農夫在耕田時可以唱著聖經的經文。而織工能吟誦經文，好在編織時消除坐渡時光的枯燥。我願旅者能把它當成消遣，好消除旅途中的疲憊。總之，我願所有基督徒的溝通都能運用經文，就像我們自己日常說故事一般。[13]

　　廷戴爾呼應了伊拉斯謨斯的看法，抨擊教會當局的僞善，說什麼不讓一般信徒以自己的母語讀聖經，是爲了保護他們的靈魂，但同時卻又准許白話撰寫「故事、寓言等，裡頭男歡女愛、猥褻戲謔之淫穢，已露骨到無以復加的地步，最是侵蝕腐敗年輕一代的心靈」。

　　十六世紀的聖經翻譯史，與歐洲新教興起息息相關。1526年廷戴爾的聖經譯本遭到焚燬示眾，才沒幾年立刻有後繼者出現，包括1535年的卡弗戴爾（Coverdale）聖經譯本，1539年的大聖經（Great Bible）與1560年的日內瓦聖經（Geneva Bible）。卡弗戴爾（Coverdale）聖經譯本同樣遭禁，但是聖經翻譯的浪潮無法止息，每一波後繼者都從前人譯本裡各取所需，借文、修補、校訂以及更正。

　　十六世紀的聖經譯者的目標，若大致區分爲下列三類，應該還不

---

[13] 伊拉斯謨斯（Erasmus）。《新工具》（*Novum Instrumentum*）。Basle: Froben, 1516。1529年W. 廷戴爾（W. Tindale）譯本。撒拉辛尼人是中世紀晚期歐洲人稱呼回教徒的說法：在此處可看出，他們既然語言程度被排在販夫走卒之下，顯然有貶義。

至於失之粗略：

(1) 釐清前人譯本裡，因爲所用原文手稿不全或譯者語言能力不足所造成的錯誤。

(2) 譯出文字可讀而文采亦美的白話風格。

(3) 澄清教條裡的要點，減少經文成爲後設文本的情況，也就是經文須先詮釋才能呈現給一般信徒。

馬丁・路德在他1530年那封〈論翻譯的公開信〉（*Circular Letter on Translation*）極爲重視第二點，他甚至幾乎把 *übersetzen*（翻譯）與 *verdeutschen*（德語化）混用。路德同時強調風格與意義之間的關係的重要：「文法對於語尾變化、詞形變化、造句等固然不可缺少，但是在發言時，意義與主旨才是主要考慮，不是文法，切不能讓文法凌駕在意義之上。」[14]

文藝復興時期的聖經譯者，視流暢與可懂爲譯文的重要標準，但是也同等重視準確傳達字面意義。在那個時代，一個代名詞譯得有問題，就可能會被視爲異端而處死，準確自然是首要標準。然而聖經翻譯與白話地位提升息息相關，風格的考量也不容忽視。路德建議翻譯後進，只要風格相符，就要用白話的諺語或說法來翻譯新約聖經，換言之，同時也利用白話傳統，豐富了原文文本裡的意象。而且由於聖經是個別讀者須在閱讀時自己詮釋的文本，每一個後繼的譯本都企圖消弭遣詞用字裡的可疑之處，以提供讀者一部可信賴的譯本。1611年詹姆斯一世的欽定版聖經（King James Bible）的序言，〈譯者群對讀者的話〉（*The Translators to the Reader*），裡頭提出一個問題，「上帝的國度是字句還是音節？」譯者的職責超越語言層次，而立地

---

[14] 馬丁・路德《桌邊聊談》（*Table Talks* [1532]）。伊拉斯謨斯與路德的引言，都借自*Babel* IX (1) 1970。這期是宗教文本翻譯專刊。

成為福音傳播者，因為十六世紀的聖經譯者（通常不署名）是激進的讀者，為了人類心靈的進步而奮鬥。然而，聖經翻譯合力進行的方式，還代表這場奮鬥裡另一個重要層面。

教育與白話

聖經翻譯的教育角色，遠遠早於十五及十六世紀之前就已經確立，而早期夾注在拉丁文文本字裡行間的白話註解，透露了好幾種歐洲語言如何發展的寶貴史料。以英文為例，林迪斯法恩福音（Lindisfarne Gospels），約公元700年前後抄成，在其行間就夾抄了十世紀以北安布利亞（Northumbrian）方言直譯拉丁文的文字。這些註解採用的翻譯概念，儘管持以字換字的譯法高於風格優劣的考量，仍然算得上是翻譯，因為其中已經涉及語際轉換了。在這幾個世紀之間，歐洲各地發展出相異的書寫文字，然而翻譯不只是註解系統的一個層面而已。九世紀的亞弗列王（King Alfred）（871至99年在位），曾翻譯（或下旨翻譯）一些拉丁文文本，宣稱翻譯的目的是為了幫助英格蘭子民從丹麥人侵略造成的破壞蹂躪中恢復，因為丹麥人不但破壞了有如教學中心的修道院，還讓王國的道德淪喪、國家分裂。在他翻譯的《教區教士手冊》（*Cura Pastoralis*）的序言裡，亞弗列敦促透過譯成白話讓文本更容易閱讀，好讓學習風氣能再度興盛，同時他強調一個看法，英文本身足以做為文學語言。亞弗列討論古羅馬人如何依照自己的目的進行翻譯，這也是「所有其他國家」都在做的事，亞弗列說，「如果各位同意的話，我認為我們最好也把一些全人類都該讀的書，譯成我們大家都通曉的語言」。[15]翻譯《教區教士手冊》時，亞弗列聲稱他已遵循自己的主教及教士的教誨，而且以 *hwilum word be*

---

[15] 摘自G.L. 布魯克（G.L. Brook）的《古英語入門》（*An Introduction to Old English*, [Manchester: Manchester University Press, 1955]）中所錄的亞弗列，《教區教士手冊》的序。

worde, hwilum andgiet of andgiete（有時以字換字，有時以意換意）的
方式進行翻譯，耐人尋味的是，其中暗示，翻譯過程中的決定因素是
翻譯成品所負的功能，而非任何已確立的教規中的程序。翻譯被賦予
道德與訓導的目的，並必須扮演明確的政治角色，這與翻譯在當時所
扮演的另一個角色相去甚遠，亦即純粹做為修辭研究的工具。

　　中世紀的教育系統以鑽研「人文七學門」（Seven Liberal Arts）
為基礎，翻譯作為寫作練習與精進演說風格的方法這個概念，是其教
育系統裡的重要元素。這個系統傳承自古羅馬的理論家，如一世紀
的昆提連（Quintilian），其《演說法》（*Institutio Oratoria*）是部影
響深遠的文本，建立了兩個研究領域，「三藝」*Trivium*（文法、修
辭、對話）以及「四術」*Quadrivium*（算術、幾何、音樂、天文），
其中「三藝」亦作為哲學知識的基礎。[16]

　　昆提連強調把現成文本改述重寫極其有用，既可以幫助學生分析
文本結構，又可以進一步試驗各種形式的增飾與刪減手法。他陳述改
述重寫有兩個截然不同的階段：初稿為依原文照本宣科重述，二稿則
較為複雜，筆者加入較多自身的文筆。連同這些練習，昆提連還倡導
翻譯，其實這兩種活動無法清楚劃分，因為兩者有同一個目的：改進
演說技術。昆提連建議以希臘文到拉丁文的翻譯，做為改述重寫拉丁
文文本的補充練習，以加強並發展學生的想像能力。

　　昆提連提倡以翻譯做為精進文筆的練習，自然是包括把古希臘文
本譯成拉丁文，於是拉丁文有好幾世紀一直是全歐洲教育體系的語
言。不過從十世紀起白話文學的興起，導致翻譯的角色產生另一個調
整。亞弗列向來推崇翻譯是傳播想法的重要工具，對他而言，翻譯包
含創造以白話書寫的原文文本。由於歐洲各地發展起來的各新興的文

---

[16] 有關翻譯在中世紀修辭訓練課程中扮演的角色的細節，請參閱雅克生（同上），以及E. 寇帝
斯（E. Curtius）的《歐洲文學與拉丁文的中世紀》（*European Literature and the Latin Middle
Ages* [London: Routledge & Kegan Paul, 1953]）。

學，都全無或鮮有自身的書寫傳統可汲取養分，於是便大量翻譯、改寫並吸收其他文化背景下所產生的作品。隨著作家花心血翻譯以提升自身白話文學的地位，翻譯增添了新的層面。於是古羅馬的修辭典範，透過翻譯發展出新的形式。

紀昂法蘭柯・弗列納（Gianfranco Folena）那篇討論通俗化與翻譯的文章頗有見地，他提出一說，認為中世紀的翻譯可分為**垂直類**與**水平類**，前者是他拿來指從某擁有特殊地位或價值的原作語言（如拉丁文）譯入白話語言，後者則指譯出及譯入語言的價值地位相當（例如普羅旺斯法語譯成義大利語，諾曼法語譯成英語等）。[17]弗列納的分類其實並非創新：羅傑・貝肯（Roger Bacon，約1214-92）清楚地察覺把古代語言譯成拉丁文與把當代文本譯成白話語言，兩種翻譯並不相同，但丁（1265-1321）也有同樣的發現，兩人的討論都是依據文藝與學術作品的道德與美學標準。例如貝肯討論翻譯裡的**虧損**以及貨幣意象，像是以造字比鑄幣等，就如霍瑞斯在千年之前所談的一般。另一方面，但丁則把焦點更加放在利用翻譯產生**可讀**文本的重要。但是兩人都同意，翻譯絕不只是比較文體風格的練習而已。

水平與**垂直**翻譯之間的差異，有助於顯示翻譯如何與兩個並存但相異的文學系統產生連結。然而，文學發展到十五世紀初，已有許多路線，弗列納的區分法只闡明了一小部分。垂直取向又分成兩個不同類別，一者是行間夾注，也就是以字換字的技巧，相對的是西塞羅式的以意換意譯法，昆提連以改述重寫的概念加以發展；水平取向則涉及錯綜複雜的 *imitatio*（模仿）與借用。*Imitatio* 在中世紀教規裡所享的崇高地位，意味著寫作材料的原創性並不受高度重視，而作者的技

---

[17] 紀昂法蘭柯・弗列納（Gianfranco Folena）。〈「通俗化」與「翻譯」：中世紀義大利之翻譯思想與術語以及歐洲之人文小說〉（'Volgarizzare' e 'tradurre':idea e terminologia della traduzione dal Medio Evo italiano e romanzo all'umanesimo europeo'）。收錄於《翻譯：定義與研究》（*La Traduzione. Saggi e studi*）。Trieste: Edizioni LINT, 1973。

巧端看如何重新處理已成傳統的主題與想法。於是，作家對於自己究竟是在翻譯他人文本，還是透過翻譯剽竊所譯作品內容以滿足己需，罕有清楚加以區分。同一位作家的著作文本裡，例如喬叟（Chaucer，約1340-1400），就有言明譯自他作的段落，還有自由改編、刻意借用、重新改寫，以及平行呼應等等。而且，儘管但丁與崔維薩之約翰（John of Trevisa，1326-1412）等理論家都提出翻譯裡的**準確性**這個議題，其準確的概念依據的是譯者解讀及了解原作的能力，而非依據譯者如何服從原文文本。翻譯，無論屬水平或垂直，被視為一種技術，與各種閱讀與詮釋原作文本的模式，盤根錯節地糾纏結合，作者可以視自己所需從原作汲取合適的材料。

早期的理論家

　　隨著印刷術於十五世紀發明，翻譯的角色產生重大變化，更別說也是因為大量的翻譯也在這個年代發生。在此同時，有人已認真投入翻譯理論的建立。翻譯的功能，隨著學習的功能本身改變了。由於恢宏的航海發現之旅展開，在歐洲以外開啓另一個世界，用來測量時間、空間的鐘錶與工具發展得日益精密，這一切再加上哥白尼的太陽為中心的宇宙觀，影響了文化與社會的概念，劇烈地改變世人的觀點。

　　法國的人道主義者耶提昂‧竇列（Etienne Dolet，1509-46）是為翻譯建立理論的先驅，他因為「誤譯」柏拉圖的對話集，讓人覺得他不相信永生而被控異端邪說，最後受審並遭處死。1540年，竇列出版了一份翻譯原則的綱要，名為 *La manière de bien traduire d'une langue en aultre*（如何把一種語言成功譯成另一種語言），建立了譯者五項原則：

　　(1) 譯者必須完全了解原作作者的想法與意思，不過他可視需要

澄清隱晦之處。

(2) 譯者應該精通原文語言與譯文語言。

(3) 譯者應該避免以字換字的翻譯。

(4) 譯者應該使用一般通用的表達形式。

(5) 譯者應該適當選擇並安排字句，以呈現正確的語調。

　　竇列的原則以如此明確的順序列出等級，強調了解原文的重要，列為首要先決條件。譯者絕不只是精通外語的人而已，翻譯既要求對原文能如學者般考究並以感性品閱，也要求能明察譯作企圖在譯文語言系統裡占有什麼樣的位置。

　　喬治‧察普曼（George Chapman, 1559-1634）這位偉大的荷馬翻譯家重述了竇列的觀點。在他《七書》（*Seven Books*）的獻書詞聲明：

　　技術高超而稱職的譯者的工作，在於遵守原作作者所使用的句子、比喻與表達形式，以及作者真正的意思與境界，並以與原文相稱的演說比喻與形式加以修飾，使它們有如以譯文語言表達一般：我樂意就這些方面，檢驗我到底做到多少。[18]

他在其所譯的荷馬史詩《伊利亞得》（*Iliad*）的〈給讀者的信〉（*Epistle to the Reader*）裡，更完整地重現自己的理論。在該信中察普曼聲明，譯者必須

(1) 避免字換字的翻譯；

(2) 盡量表現原作的「精神」；

---

[18] 察普曼（Chapman）。《荷馬》（*Homer*）。R. 希姆‧謝伯（R. Heme Shepherd）編。London: Chatto & Windus, 1875。

（3）避免嚴重疏漏的翻譯，譯文必須以紮實研究其他譯本及註解為基礎。

柏拉圖的教條裡，主張詩歌由上天啓發的觀念，顯然在譯者身上產生負面作用，它讓人認爲原作的「精神」、「語調」，有可能在另一個文化環境裡複製。於是譯者絞盡腦汁想原文的「移植」如何能實現，而這點察普曼則從技術上及形而上兩層面進行，他認爲譯者的技藝要能與原作作者匹配，對於原作作者與譯作讀者同樣負有責任與義務。

文藝復興時期

艾德蒙‧凱瑞（Edmond Cary）研究法國偉大的翻譯家時，在討論竇列的部分，強調翻譯在十六世紀的重要：

翻譯戰爭在竇列的時代最是慘烈。畢竟宗教改革主要就是不同譯者之間的爭論。翻譯變成國家大事以及宗教大事。巴黎大學的文理學院與國王一樣關切。詩人與散文家爭論這個議題，華金‧杜‧貝耶（Joachim du Bellay）的《法文之維護與呈現》（*Défense et Illustration de la Langue française*）便圍繞著與翻譯相關的問題來組織。[19]

當時譯者可能只爲了經文裡某一句話、某一個片語的譯法而被判處死刑，在這種氛圍裡，自然論戰開打時都是殊死決戰。出現在察普曼的〈論翻譯的公開信〉以及竇列的手冊裡激烈肯定的口吻，普遍可見於

---

[19] 艾德蒙‧凱瑞（Edmond Cary）。《法國翻譯大家傳記》（*Les Grands Traducteurs Français*）。Genève: Librairie de l'Université, 1963。本書內收編竇列1540年發行的小冊子《如何譯好外國語言》（*La manière de bien traduire d'une langue en aultre*）的影本。

當時許多譯者的著作及言論。這個時期的一個主要特質（有個現象反映這個特質：許多聖經新譯只是把舊譯本的語言更新成時語，而詮釋上幾乎沒有變動），就是運用當代的成語及風格來肯定現在。麥迪森對伊莉莎白時期譯家的研究裡，便提供了一些例證，顯示個人的這類自我時代的肯定，以什麼方式展現。例如他發現諾爾斯（North）所譯的普魯塔克（Plutarch）（1579年出版）裡，常以直接陳述取代間接陳述，這種手法增加了文本裡的親和感與活力，他還引用譯文顯示諾爾斯運用當時的生動成語。因此，在諾爾斯的譯本裡，龐培[20]（Pompey）「把所有想打的鐵都放進火爐，好讓自己能獲選為獨裁者。」（V. p. 30-1）而安東尼則決定凱撒的屍體應該「隆重地厚葬，而非偷偷摸摸掩埋。」（VI, p. 200）。[21]

　　在詩歌方面，幾位主要翻譯家，如魏厄特與佘瑞，所做的調整，讓批評家有時會以「改寫」來描述他們的翻譯，然而這種區分帶來誤解。以魏厄特所譯的普魯塔克為例，研讀後會發現，其中的忠實並非對字詞或者句構，而是忠於詩作會對讀者傳達什麼樣的意義。換言之，詩作被視為某特定文化系統裡的藝術產物，而唯一忠實的翻譯，是提供在譯入文化系統裡有相同功能的譯法。例如魏厄特所譯的佩脫拉克裡，那首因為1348年紅衣主教吉奧凡尼‧柯隆納（Cardinal Giovanni Colonna）以及蘿拉（Laura）兩人之死所寫著名的十四行詩，便是一個例子：

Rotta è l'alta colonna e'l verde lauro

Che facean ombra al mio stanco pensero;

(CCLXIX)

---

[20] 與凱撒及克拉蘇（Crassus）曾於公元前一世紀，形成古羅馬政治史所稱的前三巨頭。

[21] 譯者按：諾爾斯所採用的譯法，"lay all the irons in the fire"〔想打的鐵都放進火爐〕"hugger smugger"〔偷偷摸摸掩埋〕，為英國的成語。

（斷裂是那高柱〔Colonna，諧「柯隆納」〕，而翠綠的桂樹〔Lauro，諧「蘿拉」〕
曾以綠蔭遮蔽我疲憊的心靈）

其譯文如下：

The pillar pearished is whearto I lent;
The strongest staye of myne unquyet mynde:

(CCXXXVI)

〔我倚靠的巨柱倒下，
那是我不安心靈最堅強的倚靠〕

他在翻譯的過程並沒以行換行來譯，也沒有企圖以譯文來捕捉原文裡輓歌的特色，他顯然另有打算。魏厄特的譯文強調 I，即我，也強調所逝者的力量與支持。有個說法認爲這首十四行詩，實爲紀念湯瑪士・克倫威爾（Thomas Cromwell）[22]1540年的殞命，此說雖無法證

㉒ 艾塞克斯伯爵（1485-1540），自1532年至1540年受戮為止的八年間，為亨利八世倚重之權臣。在位期間協助亨利八世休后再娶、脫離羅馬教廷並兼任英國國教教宗，並於鞏固及擴張王權、豐實國庫等重大事件中功不可沒。儘管他權傾一時，卻樹敵頗衆，包括他曾結盟卻又攻毀之廢后安保琳（Anne Boleyn）及其族裔；後來他安排亨利娶新教之德裔公主克里夫之安妮（Anne of Cleves）為后過程中，想順勢推動進一步的宗教改革，殊不知亨利只為休妻再娶及擴權之現實才與羅馬教廷絕裂，並無宗教理想，因而誤捋逆鱗；而且安妮貌平才庸，亦不獲亨利寵心。克倫威爾旋即失勢，遭政敵羅織叛國罪名，斬首於倫敦塔，事後亨利後悔下手過重但為時已晚。安妮雖入門而旋廢，卻是亨利諸妻中最受禮遇的一位，不但獲得到亨利厚賞為償，並與亨利建立友誼，獲稱「朕鍾愛之御妹」之號，後以病歿，較亨利及其諸妻都長壽而善終。

都鐸王朝是英國歷史中極為精彩的一段，克倫威爾在短短八年間的大起大落，已為小說家希拉蕊・曼陀（Hilary Mantel）取材為其歷史小說三部曲之本，其中已出版之*Wolf Hall*（2009）及*Bring Up the Bodies*（2012）更雙雙勇奪英語小說界地位頂尖之曼布克獎，是這段歷史難得從重臣的角度來看待的傑作。

實，但顯而易見的是，譯文中所換用的語氣，必然會因爲呼應時事而立刻讓當時的讀者心有戚戚焉。

　　透過翻譯裡的添加、省略或刻意修改來更新文本，可以清楚見於有通譯家（translator general）之稱的費勒蒙‧霍蘭（Philemon Holland）的譯作裡。在翻譯萊維（Livy）時他聲明，他的目標是確保萊維能「讓他的思想能以英語忠實傳達，如以拉丁文一般，儘管少了許多雄辯風采」，他接著聲稱他絕不使用「任何矯情的語句，而⋯⋯使用普通而常用的風格」。正是採用這種風格的企圖，導致在許多更動裡，當時的術語被用來取代某些關鍵的古羅馬術語，例如 patres et plebs〔長輩與普通人〕於是變成 Lords 或 Nobles and Commons〔大人或貴族與平民〕；comitium〔廣場〕也可以是 common hall、High court、Parliament〔下議院、高等法院、國會〕；praetor〔住官衙的人〕於是成爲 Lord Chiefe Justice〔大法官大人〕或者 Lord Governour of the City〔市長大人〕等等。在別的時候，他爲了釐清晦澀的片段與典故，他會插入解釋性的片語或句子，於是他自信的國家主義便顯露出來。霍蘭在普里尼（Pliny）譯本的〈給讀者的前言〉裡，抨擊那些抗議將拉丁文古典作品通俗化的評論家，「不以自己的國家與母語爲榮」，並聲稱，否則他們會希望「讓古羅馬文學臣服於英文之筆下，讓古羅馬人顏面無光」，以報古羅馬人在古代以劍征服不列顛之仇。

　　翻譯在文藝復興時期的歐洲，扮演核心般重要的角色。正如喬治‧史坦納所言：

　　在創新突飛猛進的時代，泛濫與脫序的威脅伺機爆發，翻譯吸收、塑造、引導必要的原始材料。就它的完整意義而言，它可說是想像力的主要原料。除此之外，它爲過去與現在之間，以及因國家意識興起與宗教衝突的壓力而漸行漸遠的不同語言與傳統之間，建立一套

關係的邏輯。㉓

翻譯絕非次級活動，而是首要活動，為一個時代的知識分子的生活注入成形的力量，有時候翻譯家的形象，直逼發起革命的激進分子，而非某原文作者或文本的僕役。

十七世紀

　　到了十七世紀中葉，反宗教改革行動的效應、君權至上與國會制度發展的衝突、傳統基督教人本主義與科學之間鴻溝日巨等等，全都讓文學理論，連同翻譯的角色，發生劇烈變化。笛卡兒（Descartes, 1596-1650）企圖發展一套歸納論證法，與之呼應的是文學批評家也專注於建構美學創作的規則。在他們企圖尋找模型的同時，作家則轉向遠古的大師，在**模仿**裡看到教導的方法。古典經典的翻譯，在1652至1660年間，顯著增加，這是偉大的法國古典主義時代，也是以亞里士多德式的三一律為基礎的法國劇場的全盛時期。法文的作家與理論家則接著被如火如荼翻譯成英文。

　　奧古斯都時期㉔的英格蘭強調規則與模範，但這不表示藝術僅僅被視為模仿的技術。藝術是大自然的和諧優雅形式裡的調和機制，是超越定義卻能界定完美的天賦。約翰‧丹南勳爵（1615-69）在他的詩作，〈賀理查‧范蕭勳爵譯畢巴斯特‧費多〉，以及他所譯的《特洛伊的陷落》的序裡，都有提出翻譯理論，涵蓋了作品形式的層面（藝術）與精神的層面（自然），不過他反對將直譯的翻譯原則運用在詩歌翻譯上：

㉓ 喬治‧史坦納（George Steiner），同上，247頁。

㉔ 通常指十八世紀前半期，安妮女王在位及大詩人鮑普在世時，約為1700至1750年間。

因為他的任務，不只是把語言翻譯成語言，而是要把詩歌翻譯成詩歌；而詩歌有如幽微的靈魂，將它自一種語言倒入另一種語言時，即刻消散；若轉譯時不加入新的靈魂，所得的恐怕不過是行屍走肉。[25]

丹南所主張的概念，將譯者與作者置於同等地位，只是各自在明顯不同的社會與時代背景裡運作。他認為譯者對原作的責任，是萃取譯者眼中作品的精髓，並以譯入語言重新製造或創造出來。

亞伯拉罕・庫利（Abraham Cowley, 1618-67）更推進到另一個層次，他在所譯的《品特式頌歌集》（*Pindarique Odes*, 1656）[26]的序言裡，大膽主張，他在翻譯時「任意取材、刪除、增添」，目的並不在於讓讀者準確地知道原作者所說的內容，而在於知道「作者表達的手法與方式」。庫利言之成理，駁斥了寧可以「模仿」來定義翻譯的批評家（如朱萊頓（Dryden）），T. R. 史泰納指出，庫利的序言成為「十七世紀後期的自由派譯者」的宣言。

約翰・朱萊頓（1631-1700）於其《奧維德書信集》（*Ovid's Epistles*）（1680）的重要序言裡，建立三種基本形式來處理翻譯的難題：

(1) **亦步亦趨**（metaphrase），也就是把原作一字譯一字、一句譯一句地從一個語言譯成另一個。

(2) **易詞重述**（paraphrase），也就是保持一定彈性來翻譯，西塞

---

[25] 約翰・丹南勳爵、亞伯拉罕・庫利與約翰・朱萊頓的引言，是摘自T. R. 史泰納書中重印的版本，同上。

[26] 品特（Pindar, c. 522-443 BC）為古希臘大詩人，至羅馬時期已列古希臘九大抒情詩人之一。英國十七世紀末至十八世紀初盛行此詩集中所展示的結構鬆散、形式自由的頌歌體。但有趣的是，雖借品特之名，此名號是個誤解的產物，因為品特的詩歌，其實嚴守形式之規則。

羅式「以意換意」的翻譯觀。

(3) 模仿（imitation），譯者可視需要，不顧原作的文字。

　　這些形式裡，朱萊頓認為第二種是比較持平的一個方式，讓譯者能達成某些標準：翻譯詩歌，他主張，譯者必須也是詩人，精通雙方語言，了解原作者的特性與「精神」，同時符合他自己時代的美學規範。他以人像畫家來比喻譯者，這是十八世紀時常重現的比喻，他堅持畫家有責任讓畫作跟本人相似。

　　朱萊頓在他的《伊尼亞斯之歌的獻辭》（*Dedication of the Aeneis*, 1697）裡聲稱他遵守自己定出的中庸之道，走在「易詞重述與字面直譯兩個極端中間」；但由於追隨法國的典範，他更新了原作裡的語言：「我儘量讓魏吉爾說英語，有如他生而為英國人，而且與我們當代。」下面以一段朱萊頓所譯的魏吉爾為例，玳朵女王（Dido）[27]以當代的女主角會用的賢淑端莊語言，描述自己思念伊尼亞斯：

> My dearest Anna! What new dreams affright
> My labouring soul! What visions of the night
> Disturb my quiet, and distract my breast
> With strange ideas of our Trojan guest.[28]

---

[27] 魏吉爾的巨作《伊尼亞德》（*Aeneid*）的故事是以特洛伊陷落為開場，前半描述特洛伊的貴族伊尼亞斯一支逃出焚城滅邦之劫，在海上流浪，途中曾落腳於北非迦太基王國。因愛神施法，迦國女王玳朵愛上伊尼亞斯，但伊受神諭知自身有建立另一偉大帝國之天命，終於棄玳而去，玳心碎自焚而死。後半則描述伊尼亞斯終於建立王國，此王國即羅馬帝國的前身。
此史詩創於公元前一世紀末，正值羅馬帝國開創全盛時期之初，在內容與結構上，都有取材荷馬《奧迪賽》之處，但卻能另開新局，原有歌功頌德之企圖，但卻不損其為一代巨作的地位，啓發無數後世作品與作家。

[28] J. 朱萊頓（J. Dryden）。《伊尼亞之歌》第四部（*The Aeneid*, IV）。London: Oxford University Press, 1961, p.212。

〔我鍾愛的安娜！何等可怕的新夢

我勞苦的靈魂！夜晚的幻境

擾我安寧，亂我胸臆

爲那特洛伊來的客人胡思亂想。〕

　　朱萊頓的翻譯觀，亞力山大‧鮑普（Alexander Pope, 1688-1744）緊緊追隨，鮑普同樣提倡中庸之道，強調要細讀原作，注意風格文體的細節，同時盡力使詩作的「火焰」燃燒。

十八世紀

　　朱萊頓與鮑普的翻譯概念下，還包含另一個元素，超越了過度忠實與鬆散自由兩條路線爭辯的問題：譯者對自己當代讀者所負的道義責任這個大議題。把文本基本精神闡明並變得平實可讀的衝動，演變成大規模重寫早期文本，好讓它們能適合當代語言與品味的標準。於是有了著名的莎士比亞文本重建運動與哈辛（Racine）的翻譯／重整。約翰生博士（Dr. Johnson）在他的《鮑普傳》（Life of Pope, 1779-80），討論透過翻譯對文本的增添的問題，他提議假如能增添原文的優雅卻又不損原文，何樂不爲，他接下來說，「作者的目的就是要讓人閱讀，」聲稱鮑普是爲自己的時代、自己的國人所寫。每個人有權利聽到以他的語言所說、他的背景爲基礎的內容，是十八世紀翻譯的重要元素，這與「原創」的概念轉變有關。

　　爲展示鮑普以何種特定譯法來處理荷馬，請比較下列他與察普曼兩人各譯的《伊里亞得》（Iliad）[29]第二十二書。鮑普的安朵瑪琦

---

[29] 荷馬留下的兩部史詩之前部。故事為希臘聯軍兵臨特洛伊城下十年末期所發生的事，以阿基里斯與聯軍主帥阿珈曼儂因分戰利品衝突開始，結束於特洛伊第一猛將海克特之葬禮；其涵蓋時間雖未言明，但從故事發展來看，約從兩週到數月而已，但其中所涉及內容，卻包含整個十年對抗以及相關之神話故事。

（Andromache）[30]痛苦而絕望，察普曼的安朵瑪琦猶有女戰士氣勢。察普曼運用直接動詞給情節帶來戲劇效果，鮑普拉丁文化的句構，則強調從等待結果直到最後慘劇發生為止的煎熬。即便是那場慘劇，兩人的呈現方式也相當不同——鮑普的「如神一般的」海克特（Hector）與察普曼以較長的篇幅描寫這位英雄的敗落有強烈的對照：[31]

She spoke; and furious, with distracted Pace,

Fears in her Heart and Anguish in her Face,

Flies through the Dome, (the maids her steps pursue)

And mounts the walls, and sends around her view.

Too soon her Eyes the killing Object found,

The god-like Hector dragg'd along the ground.

A sudden Darkness shades her swimming Eyes:

She faints, she falls; her Breath, her colour flies.

鮑普（Pope）

〔她說了；一時氣憤，步履零亂

心中有恐懼而臉上有焦慮

飛奔過圓頂大廳，（宮女尾隨在後）

登上城牆，四面張望。

霎時看見受戮者，

神般的海克特拖曳在地上。

她只覺眼前忽然天昏地暗：

她暈厥倒地；氣虛色白。〕

---

[30] 安朵瑪琦是特洛伊第一勇士及王子海克特之妻，目睹丈夫接受阿基里斯挑戰，失敗遭戮的慘況，是古希臘悲劇常用的主角人選。

[31] A. 鮑普（A. Pope）《荷馬的伊里亞得》（*The Iliad of Homer*）。梅納・麥克（Maynard Mack）編。London: Methuen, 1967。察普曼的《荷馬》出處同上。

Thus fury-like she went,

Two women, as she will'd, at hand; and made her quick ascent

Up to the tower and press of men, her spirit in uproar. Round

She cast her greedy eye, and saw her Hector slain, and bound

T'Achilles chariot, manlessly dragg'd to the Grecian fleet,

Black night strook through her, under her trance took away her feet.

察普曼（Chapman）

〔於是她頂著怒容前去，

命兩名侍女跟在身邊；她快步登牆

到塔頂推開眾人，情緒激昂。向四面

她極目搜尋，看到她的海克特遭殺戮並綑綁

拽於阿基里斯戰車之後，像件貨物被拖向希臘人的艦隊，

黑夜襲上她的全身，一個閃神，她便暈厥過去。〕

　　十八世紀廣為流傳的譯者概念，是畫家、模仿者，對原作與讀者都負有責任，但是隨著如何將文學創作過程編碼並描述的探索已經改變，這個概念也經歷一連串重大變化。歌德（Goethe, 1749-1832）主張每一種文學都必須經歷三個階段的翻譯，由於三者都是反覆發生，三者在同一時代的同一語系統皆並存而同時進行。第一個時期是「以我們的方式讓我們認識外國」，歌德引用路德的德文聖經為這個趨勢的例證。第二個模式是經由取代與改寫加以占為己作，在這個情況裡，譯者消化外國作品的含義再用自己的說法重寫，這點歌德引用魏蘭（Wieland）與法國的翻譯傳統為例證（此傳統向來為德國的理論家所詬病）。第三個模式被視為最高境界，目標在於讓譯作完全等同於原作，要達到這種境界，必須先創造一種新的「方式」（manner），能將原作的獨特性質與新的形態與結構融為一體。歌德以華

斯（Voss）[32]所譯的荷馬為例證，他是達到歌德所推崇的這個第三境界的譯者。歌德既主張對於翻譯中「原創性」要有新概念，也主張譯者必須看到並達到任何作品共通的深層結構。這種思考路線的問題，在於它讓翻譯不可能的理論簡直呼之欲出了。

在十八世紀的尾聲裡，亞力山大‧費雪‧提特勒於1791年出版其著作《翻譯原則》，這是首次有人以英文撰寫對翻譯過程做系統化的研究。[33]提特勒建立三個基本原則：

(1) 譯作應該將原作的想法完全記錄下來。
(2) 譯作文筆的風格與模式應該與原作有相同的特質。
(3) 譯作應該表現與原作相同的流暢。

提特勒對朱萊頓的影響做出反彈，主張其易詞重述（paraphrase）的概念會導致過度隨興的譯文，但是他也同意，譯者有責任將原作裡晦澀的部分澄清，即使必須省略或增添也一樣。他同樣運用十八世紀譯者如畫家的比擬，但有所不同，他認為譯者不能使用與原作一樣的顏色，但必須讓他的畫作達到「相同的力量與效果」。譯者必須盡力「攝取其作者真正的靈魂，因為它必須靠譯者的口齒說話。」

從朱萊頓到提特勒的翻譯理論，可以說關心的是如何再造原文藝作品的精神、精髓、靈魂或本質。但是早期自信地將形式結構與內在

---

[32] 即Johann Heinrich Voss（1751-1826），為古典學學者及詩人，但其文壇地位之奠定，卻是因他所譯之荷馬及古希臘羅馬作品。

[33] 提特勒的論述緊接在一七八九年喬治‧坎貝爾（George Campbell）出版《四部福音》（The Four Gospels）之後，後者的第一冊包含一篇聖經翻譯的理論與歷史的研究。提特勒的論文收錄於《阿姆斯特丹語言學經典文獻》第十三卷（Amsterdam Classics in Linguistics, vol. 13 [Amsterdam: John Benjamins B.V., 1978]），文前還有J.F. 杭茲曼（J.F. Huntsman）所寫的詳實介紹。

靈魂二分的概念，漸漸顯得言不成理，因為作家逐漸把注意力轉向想像力理論的探討，轉離前代對藝術家道德角色的重視，以及摒棄柯立芝（Coleridge）所嘲諷的「痛苦的複製」，「只能製造面具，無法再造有血有肉的生命。」[34]

浪漫時期

　　保羅・范・提耶漢（Paul van Tieghem）的《浪漫時期的歐洲文學》（*Le romantisme dans la littérature européenne*）可謂探討歐洲浪漫主義的偉大權威之作，他形容這個運動是「歐洲良心的吶喊」[35]。儘管十八世紀中，對於理性主義與形式和諧（新古典主義的理想）反彈的危機已然浮現，但是卻要到世紀末十年，伴隨著1789年法國大革命所掀起的陣陣衝擊毫無止息地擴張，其影響程度才逐漸明朗。摒棄理性主義之後，代之而起的關注是想像力的生命論（vitalist）功能與個別詩人的世界觀，既做為形而上的理想，也做為革命的理想。個人主義既受到肯定，創作力應享自由的概念隨之而起，讓詩人成為近乎神話中的造物主，他們的功能在於創造詩歌，由此重新創造宇宙，如雪萊在《詩辯》（*The Defence of Poesy*, 1820）所論。

　　歌德區分不同型式的翻譯並釐清美感評價系統的各個階級，顯示出對待翻譯的態度已有轉變，起因為詩歌及創作力的角色受到重新評估。在英國，柯立芝（1772-1834）在他的《文學傳記》（*Biographia Literaria*, 1817）建立區別泛思（Fancy）與想像（Imagination）的理論架構，強調想像力是至高無上的創造及有機力量，其反面則是沒生

---

[34] S.T. 柯立芝（S.T. Coleridge）。〈論詩歌與藝術〉《傳記文學二》（'On Poesy or Art', *Biographia Literaria*, II）。Oxford: Clarenden Press, 1907。

[35] 保羅・范・提耶漢（Paul van Tieghem）。《浪漫時期的歐洲文學》（*Le Romantisme dans la littérature européenne*）。Paris: Albin Michel, 1948。

命、機械式的泛思。德國理論家暨翻譯家奧古斯特‧溫漢姆‧史列格（August Wilhelm Schlegel, 1767-1845）在其著作《為戲劇藝術與文學所開的課程》（*Vorlesungen über dramatische Kunst und Literatur*, 1809）中的論述強調機械與有機為相反的形式；此作於1813年譯為英文，柯立芝的觀點與它有密切關係。英國與德國理論家都提出如何界定翻譯的問題——創造活動抑或機械活動。在浪漫時期討論翻譯本質的論戰裡，許多大作家及翻譯家都表現出模稜兩可的態度。A. W. 史列格（A. W. Schlegel）雖強調所有言談與寫作的行為都是翻譯的行為，因為所有溝通的本質就是解碼與詮釋所得信息，但是他也主張原作的形式必須維持（例如他所譯的但丁便維持原作的三行連環韻）[36]。在此同時，弗列迪區‧史列格（Friedrich Schlegel）認為翻譯是思想的一個種類，而非僅僅與語言或文學相關的活動。

　　嚮往有個恢宏的塑形精神，超越現實世界而重新創造宇宙，引發對詩人在時間裡的角色重新評量，並著眼重新發掘歷史裡抱持共同創造觀的人物。作家是那些在不同時代，涉入重現布雷克（Blake）所謂的「人人體內的神體」過程的人，這個概念激發許多翻譯活動，例如史列格-帖克（Schlegel-Tieck）的莎士比亞譯本（1797-1833），史列格版與凱瑞版的《神曲》（*Divina Commedia*）（1805-14），以及歐洲各語言間大量互譯彼此的評論著作與當代作品。說真的，由於文本在這個時代大量受到翻譯，對譯文語言帶來延展效應（例如德文作者譯為英文，反之亦然，史考特（Scott）與拜倫譯成法文及義大利文等等），致使評論家已無法清楚區分影響研究與翻譯研究了。重視翻譯對譯入文化的影響，事實上造成世人的興趣轉離了翻譯的實際過

---

[36] 即 *terza rima*。此體之三行為一詩段，第一三行同韻，而第二行成為下一組三行之一三行韻腳，如下aba，bcb，cdc……。據聞但丁發明此體，是受神學中之三位一體理論啟發。後代大詩人佩脫拉克、喬叟，乃至於十九世紀英國浪漫時期大詩人雪萊，都有以此體創作之傑作，例如雪萊之〈西風頌〉（"Ode to the West Wind"）。

程。再者，兩個相互衝突的趨勢在十九世紀初已成形。其一把翻譯推崇爲思想的一個種類，把譯者視爲名符其實的創造天才，一手把握了所譯原作裡的精華，一手豐富了譯入語言及其文學。另一個趨勢則近乎視翻譯爲機械功能，用處在於讓人「讀懂」某文本或作家。

將想像置於崇高的地位，相對於泛思之不足，言外之意就是，翻譯若要能超越日常活動的層次而保留原作的塑形精神，必然要靠更高層次的創作力量的啓發。然而這種想法會引來另一個問題：**意義**來自何處。假如詩歌被視爲與語言不相連的個體，那麼除非假設譯者能在原作的行間言外閱讀進而重現這個文外之文，也就是馬拉末（Mallarmé）後來發展出的概念，沉默與空間之文本，否則詩歌如何加以翻譯呢？

提摩西・韋伯在他對雪萊的研究裡顯示，譯者角色的模稜反映在詩人自己的文章裡。韋伯引用雪萊的作品以及其傳記作者梅得文（Medwin）的話，展示雪萊視翻譯爲地位較低的活動，一種「填補靈感空檔的方法」，並指出雪萊顯然從翻譯思想讓他欽佩的作品，轉而翻譯文學美感讓他欽佩的作品。這個轉變別具意義，因爲它顯示雪萊大略依循了歌德定下的翻譯層級進展，而且也顯示翻譯在建立浪漫主義美學所帶來的問題。最重要的是，由於重視的焦點已轉離形體的處理，不可譯性的概念將演變成十九世紀後期翻譯活動裡的兩個現象：誇張地強調技術的準確與隨之而來的賣弄學問。假設意義位在語言之間或之下，讓譯者陷入泥沼無法動彈。只有兩條路可逃出這個困局：

(1) 運用字面直譯，專注在信息所用的文字本身；或者
(2) 運用夾帶於原作文本字裡行間的人造文字，藉此也許原作的特殊感覺，能透過奇異的風格來傳達。

後浪漫主義時期

　　弗列迪區・史萊瑪赫（Friedrich Schleiermacher, 1768-1834）提議創造一種獨立的語言，專門用來翻譯文學，而但丁・蓋伯略・羅塞堤主張譯者服從原作的形式與語言。這兩個提議都企圖克服同一類困難，雪萊在他的《詩辯》裡將它們描述得十分傳神，雪萊警告：

　　企圖將詩人的詩作從一種語言轉化成另一種語言，就像將紫蘿蘭投入熔爐，企圖從中發現該花顏色與香氣的形態原則，兩者可謂同樣睿智。該花株必須由種子長成，否則無法開出花朵——這便是巴別塔詛咒的負擔。㊲

　　史萊瑪赫所提出的另一種語言的理論，許多十九世紀英國譯者也有同樣的想法，例如 F. W. 紐曼（F. W. Newman）、卡萊爾（Carlyle）、威廉・莫里斯（William Morris, 1834-96）。紐曼主張譯者應當儘可能把原作所有獨特異質之處保留，「愈用心則愈顯異國情態」，㊳此獨特異質的功能，在G. A. 辛姆考克斯（G. A. Simcox）對於莫里斯所譯的《弗桑與尼布朗的故事》（*The Story of the Volsungs and Niblungs*, 1870）的書評裡有所解釋，他說，「譯作所用的古體英文樸拙而雅趣，帶來恰如其分的異國風味」，於「掩藏原作的參差品

㊲ 雪萊（Percy Bysshe Shelley）。《詩辯》（*The Defence of Poesy*）。收錄於其《全集卷五》（*Complete Works*, V）。London: Ernest Benn, 1965, pp.109-43。「同樣睿智」一語，自然是反諷，對他而言，詩只能重新再寫——要以原詩為種子在譯者心靈裡重新種植。

㊳ F. W. 紐曼（F. W. Newman）。《翻譯荷馬之理論與實務》（*Homeric Translation in Theory and Practice*），1861。收錄於《麥修・亞諾文集》（*Essays by Matthew Arnold*）。London: Oxford University Press, 1914, pp.313-77。

質與殘缺結構」[39]大有助益。

　　威廉‧莫里斯可謂譯作等身，包括古代北歐的英雄傳奇、荷馬的
《奧迪賽》（*Odyssey*）、魏吉爾的《伊尼亞之歌》（*Aeneid*）、古
法文的傳奇故事等等，並頗獲評論界推崇。王爾德便讚美莫里斯的
《奧迪賽》是「真正的藝術作品，其譯文不只譯出語言，更譯出詩
歌」。然而他也注意到一點，「在譯文裡新加入的風貌」，倒不似古
希臘，而更近乎古代北歐，這個看法恰可說明十九世紀讀者對於翻譯
文本可能有的期待。莫里斯的翻譯刻意地、有心地擬古，充斥著古奇
拗口的語言，不但閱讀困難，而且常常文義晦澀。讀者全不在考量範
圍內，只能預期開卷時照單全收，並透過譯文的怪異特質，一頭栽進
帶來原作的異國社會風情裡。莫里斯風格裡的拗怪，可見於下列摘自
《伊尼亞之歌》第六部的段落：

> What God, O Palinure, did snatch thee so away
> From us thy friends and drown thee dead amidst the watery way?
> Speak out! for Seer Apollo, found no guileful prophet erst,
> By this one answer in my soul a lying hope hath nursed;
> Who sang of thee safe from the deep and gaining field and fold
> Of fair Ausonia: suchwise he his plighted word doth hold![40]

> ［是那位神祇，噢，帕利紐，將你遠奪
> 從我們，你的朋友，並將你溺斃於水路？

---

[39] G. A. 辛姆考克斯（G. A. Simcox）之書評，收錄於《學院學報》（Academy II, Aug. 1890, pp.278-9）。這段引言與王爾德的評語，皆摘自《威廉‧莫里斯。歷代文批匯編》（*William Morris. The Critical Heritage*）。P. 弗柯納（P. Faulkner）編。London: Routledge & Kegan Paul, 1973。

[40] 威廉‧莫里斯（William Morris）。《伊尼亞之歌》（*The Aeneid*）。卷六。Boston, Mass.: Roberts Bros., 1876, p.146。

請告訴我們！預言家阿波羅，絕非妄發言論的先知
你的答案，在我的靈魂裡種下說謊的希望；
祂歌頌你能安然自深淵而返，獲得田野及羊群
屬那美麗的奧桑尼亞的：他是如此抱持著祂的承諾！〕

維多利亞時期

　　無時不刻縈繞維多利亞時期譯者心頭的關切，是必須傳達原作在時間、空間上的遙遠感覺。湯瑪斯‧卡萊爾（Thomas Carlyle, 1795-1881）在翻譯德文作品時運用繁複的日耳曼語法結構，他讚揚德文大量翻譯英文作品，聲稱德國人研究其他國家的精神「值得世人多多仿效」，只有用他們的方法才能融入其他國家所產生的「一切成就與美感」[41]。但丁‧蓋伯略‧羅塞堤於其翻譯早期義大利詩人的譯作序裡，提出內容類似的宣言，「把詩歌引進其他語言的真正動機只有一個，就是盡一切可能為其他國家增添一件美的事物，」[42]然而他也指出，原作往往晦澀而不完美。

　　於是，從史萊瑪赫（Schleiermacher）、卡萊爾到前拉菲爾派（Pre-Raphaelite）[43]一脈相承，衍生出的結果，是個耐人尋味的弔

---

[41] 湯瑪斯‧卡萊爾（Thomas Carlyle）。〈德國文學之現狀〉《文學批評與雜文》（'The State of German Literature', in *Critical and Miscellaneous Essays*）。卷一。London: Chapman and Hall, 1905, p.55。

[42] 但丁‧蓋伯略‧羅塞堤（Dante Gabriel Rossetti），出自其譯之早期義大利詩人作品集《詩歌與翻譯：一八五〇至七〇年》（*Poems and Translations 1850-1870*）之序。London: Oxford University Press, 1968, pp.175-9。

[43] 由但丁‧蓋伯略‧羅塞堤等數位詩人、畫家於十九世紀中葉發起的藝術運動。他們認為，義大利文藝復興高峰之大師米開朗基羅及拉菲爾所立下的美學概念，已為後人亦步亦趨地奉行，造成文藝之僵化。該派主張，要破除此桎梏，唯有恢復文藝復興前期的美學方可，即細節要鉅細靡遺，色彩求飽滿強烈及構圖要複雜多變，並強調創新，不墨守前人舊規。

詭。一方面，原作受到極度推崇，近乎盲目崇拜，但是這種推崇所根據的，卻是個別作家對原作價值自由心證的把握。換言之，譯者基於道德或者美學的理由，邀請知識分子暨文化菁英一類的讀者，共享他自認收獲豐富的經驗。再者，原文被視爲財產，有如蒐藏品裡新添的一件瑰寶，完全不在乎當代生活的品味與期望爲何。但在另一方面，由於譯作刻意擬古，只爲小衆讀者而譯，譯者形同暗中否定了全民皆能讀寫的理想。由於閱讀大衆的人口在這個世紀裡急速與日俱增，知識分子讀者群僅代表極少的小衆，於是翻譯僅爲小衆的興趣而作，便成爲其概念的基礎。

　　麥修‧亞諾在他第一個講座《論如何翻譯荷馬》（*On Translating Homer*）建議一般讀者信賴學者，只有他們才能斷定翻譯傳達了多少與原作相同的風貌，並給想從事翻譯的人下列建議：

　　因此，譯者不可以依賴自己判斷，想像古代希臘人對他會有什麼想法；因爲他會迷失在矇矓的想像裡。譯者不可以信賴一般的英語讀者對譯者自己的看法；因爲那簡直是以盲導盲。譯者不可以信賴自己對自己譯法的評斷；因爲那可能受個人天馬行空的想法誤導。有關譯作的成效如何，譯者必須請教那些既深諳希臘文又能欣賞詩歌的人。㊹

　　根據亞諾，譯者必須專注於原文文本，並全心全意服侍那個文本。必須讓譯文讀者透過翻譯，靠近原文文本，伊拉斯謨斯討論可讀譯本的必要時，所採取的立場恰好相反。隨著國別界線日益固化，而各國對自身文化的自豪日益高漲，譯者都不再視翻譯爲豐富自己的文

㊹　麥修‧亞諾，《論如何翻譯荷馬》講詞一（*On Translating Homer*, Lecture I）〔譯者按：原作原來是亞諾在1860年一系列演講中之一篇〕《麥修‧亞諾文集》（*Essays by Matthew Arnold*）。出處同上。247頁。

化的主要方法，例如法、英、德文等的譯者。諷刺的是，菁英分子對文化教育的概念，在這種態度下的具體表現，是進一步貶低翻譯的價值。因為，假如翻譯只是一個工具，好讓譯文讀者能接近以原作裡的原文本尊，那麼譯文優美的文體以及譯者高超的文筆就沒那麼重要了。亨利・懷滋沃斯・朗費羅（Henry Wadsworth Longfellow）為譯者的角色這個議題加入另一個層面，將譯者的功能限制得比亞諾的教誨還要狹隘。朗費羅討論自己譯的但丁《神曲》時，為自己使用無韻體辯護，他宣稱：

　　我的譯作唯一可取之處，便是它正是但丁想說的話，而非譯者想像但丁若是英國人，但丁會說什麼。換言之，在建構節奏的同時，我盡量讓譯文如散文翻譯般貼近原文……翻譯但丁時，必然有所捨棄。會是美麗的韻腳嗎？它有如隔籬上的金銀花蔓，沿路從開頭綻放到文末。就是捨棄韻腳，如此才能保留比韻腳更珍貴的東西，也就是忠譯、原義——即隔籬本身的生命……譯者的正職是報導作者說了什麼話，而非解釋作者的意思；那是注釋者的工作。作者說了什麼、怎麼說，這才是譯者該處理的。⑤

朗費羅不凡的翻譯觀點，把字面直譯的立場推到極致。對他而言，韻腳只是表面點綴，如搭在隔籬上的一層花，與詩歌本身的真理或者生命並不相連。譯者所處的只是園丁的地位，既非詩人亦非注釋者，其職責內容明確但範圍極為有限。

　　艾德華・費滋傑羅採取的觀點與朗費羅南轅北轍，他宣稱文本必須不計代價求生，「假如原作的崇高生命無法保存，那就代之以自己

---

⑤ 亨利・懷滋沃斯・朗費羅（Henry Wadsworth Longfellow, 1807-81），引用自威廉 J. 得・蘇瓦（William J. De Sua）《英譯但丁》（*Dante into English*）。Chapel Hill: Univesity of North Carolina Press, 1964, p.65。

卑賤的人生」；他以翻譯《奧瑪・珈顏的魯拜集》最為人知。「寧為活雀，不做死鷹」這句銘言，就是出自其口。換言之，費滋傑羅一點都不想把讀者帶領到原作跟前，而是想辦法譯出能在譯入語言文化中有自己生命的的譯本，然而他認為原作詩藝粗淺的極端觀點，顯示出施捨恩惠的姿態，可謂另一種形式的菁英心態。浪漫時期的個人主義路線，在費滋傑羅這類翻譯家身上延續下來，衍生成尤金・奈達所描述的「獨屬精神」（exclusivism），譯者有如擅長挑貨的商人，為極少數知音的客人提供異國精品。

　　從工業化資本主義與殖民地擴張，到第一次世界大戰前這個大時代裡，所盛行的主要翻譯種類，可大略分為下列幾種：

　　(1) 翻譯做為學術活動，在這裡，原文的地位理所當然高於譯文。

　　(2) 翻譯做為激勵手段，促使資優的讀者回頭翻出原作來看。

　　(3) 翻譯做為輔助工具，透過刻意在譯文裡營造異國風格，幫助譯作讀者的體驗，能趕上史萊瑪赫所謂的較佳讀者，即原作讀者。

　　(4) 翻譯做為創作方式，譯者把自己當作進入百寶魔洞裡的阿拉丁（此想像力豐富的意象出自羅塞堤），為讀者提供自己因時地而制宜所挑選的項目。

　　(5) 翻譯做為提升原文文本的手段，譯者認為原作的文化地位較低，所以加以翻譯使其地位提升。

　　在這五類之中，顯然可見的是第一、二類傾向於譯出極為字面直譯，也許充滿考據的譯本，只有學問淵博的極小眾才得其門而入，而第四、五類則帶來較自由的翻譯，個別譯者篩選原作材料以資翻譯，有時可能完全改變原作模樣。第三類可能是最有趣也普遍的一個，其譯文充滿擬古的形式與語言，亞諾所大力抨擊的，正是這種譯法，為此，他還使用主張這類譯法的主將 F. W. 紐曼之名造了「紐曼化」

（Newmanize）一詞。

擬古風

　　J. M. 柯恩（J. M. Cohen）認爲維多利亞時期的翻譯理論，建築在一個「基礎性的錯誤」之上（他是指企圖運用模擬古語的方式，來傳達時間與空間上遙遠的感覺）[46]，而許多譯者賣弄學問與擬古的做法，只讓翻譯與其他文學活動脫節，導致自身的地位日漸低落。費滋傑羅將原作視爲原料黏土，供塑造譯文之用，此譯法固然廣受讚賞，但是有一點值得注意，他的譯作究竟是否能歸類於翻譯，還是屬於其他類別（改寫、不同版本等等）也引發爭論，這表示世人對於翻譯應該是什麼樣子，還是有個普遍認同的看法。不過，儘管擬古風已經不再流行，有一點必須記得，採用這種譯法的譯者，有其堅實的理論原則。喬治・史坦納討論這種譯法時舉出幾個重要的議題，他特別提到艾彌耳・利特列（Emile Littré）的理論和他的 《古法文之地獄行》（L'Enfer mis en vieux langage François, 1879），以及魯道夫・伯察特（Rudolf Borchardt）和他的《德文但丁》（Dante Deutsch）：

　　下列論調，「某位外國詩人若是以我的語言寫作，一定會寫出如何如何、這般這般的作品云云」，這純屬反映主觀看法的虛構理論。它擅自讓翻譯有「自主權」，或者說得更精確一點，「後設自主權」。不過卻遠不止於此：它把另一個時空，即「原本可能發生」或「將來可能發生」的時空，引進到自己的語言、文學以及感性遺產等的內涵與歷史狀態裡。[47]

---

[46] J. M. 柯恩（J. M. Cohen）。《英文譯者與譯作》（English Translators and Translations）。
London: Longman, pub. for the British Council and the National Book League, 1962, p.24。

[47] 喬治・史坦納（George Steiner），出處同上，334頁。

　　由此觀之，在那個社會變動史無前例地劇烈的時代，擬古原則可以比擬成企圖「殖民」古代。正如伯察特宣稱翻譯應當爲重建原作而有所添補，他這麼說，「民族間在過去交流不同文體的循環若要完成，德國應當把從中學得並隨所須改進的部分，奉還給這些異國文化。」[48]。這個翻譯觀與古羅馬西塞羅、霍瑞斯的見地，雖同屬擴張中國家的產物，其相去之遠則不可以道里計。

二十世紀──1970年代之前

　　每次將大量內容壓縮到有限篇幅時，總是不容易定出終點好結束討論。喬治・史坦納便將他翻譯史的第二個時期，結束於1964年凡勒希・賴赫包那部引人入勝卻缺乏條理的作品《聖杰洛姆的翻譯大願》，而柯恩對英國譯者及譯作的研究，則欲罷還續地零星提及勞勃・葛雷福斯（Robert Graves）以及C・戴伊・路易斯（C. Day Lewis）的一些實務翻譯的成果，草率地停在1950年代。二十世紀前半期英語世界探討翻譯理論與實務的著作，明顯延續許多維多利亞時期的翻譯概念──字面直譯、擬古、學究風格、爲菁英小眾譯出二流文學價值的文本。但是，一而再、再而三回到翻譯評價的難題，卻又**缺乏堅實的理論基礎好從事這類的研究**。英國與美國知識分子生活裡日增的孤立主義，再加上文學批評裡反理論化的發展，再再無助於促進英語世界裡嚴謹學術的翻譯評量的進展。說眞的，我們難以相信當英文在進行這類研究時，同時發生的是捷克結構主義與新批評學派興起，溝通理論開始發展，語言學也應用到翻譯的研究上──簡言之，現今翻譯理論研究成果所需的基礎，已在這些地區建立了。

　　翻譯研究發展的進步狀況，已在本書前面的章節討論過，自1950

---

[48] 魯道夫・伯察特（Rudolf Borchardt）。《但丁與德文但丁》（*Dante and Deutscher Dante* [1908]）。重印於勒菲弗，出處同上，109頁。

年代以降，以英文著作而卓然有成的翻譯研究成果，也在穩定成長。但是若因此而認爲二十世紀前半期是英文翻譯理論的荒原，那也並不正確，因爲有好幾位偉大的翻譯家，從實務的角度切入這個領域，其建樹有如高塔矗立於平野之上。艾茲拉‧龐德（Ezra Pound）的成就，在翻譯史上的地位極其重要，龐德的譯筆之高超，可與他身爲批評家、理論家的洞察力匹敵。希烈‧貝洛克1913年在牛津大學泰勒學院圖書館所發表的演講《論翻譯》，雖然簡短卻是極具智慧及條理的研究方法，深入探討翻譯活動的實際難題與譯本地位涉及的一切議題。詹姆斯‧麥法連（James McFarlane）的文章〈翻譯之模式〉（"Modes of Translation", 1953），提升了英文譯本探討的層次，被譽爲「西方出版著作中，它首先從現代、跨學門觀點處理翻譯活動以及譯作，並爲以翻譯爲研究對象的學者建立研究計劃」[49]。

　　從這篇簡短的大綱，我們可以看到不同的翻譯概念在不同時代盛行，而譯者的功能與角色也有劇烈變化。解釋這些變動，是文化史的職責，但是演變的翻譯概念對於翻譯程序本身的影響，卻夠讓研究者在來日忙上好久一段歲月。喬治‧史坦納以他個人的特殊角度來看翻譯史，認爲儘管個別譯者的實務心得陳述已多如河沙，但是其理論思考的範圍卻仍然狹小：

　　列出下列名單，包含聖杰洛姆（Saint Jerome）、路德（Luther）、朱萊頓（Dryden）、侯德林（Hölderlin）、諾華利斯（Novalis）、史萊瑪赫（Schleiermacher）、尼采（Nietzsche）、艾茲拉‧龐德（Ezra

---

[49] 詹姆斯 S. 荷蒙斯（James S. Holmes）、荷賽‧藍伯特（José Lambert）、雷蒙‧范‧登‧布洛克（Raymond van den Broeck）所合編的《文學與翻譯》（*Literature and Translation*）。Louvain: ACCO, 1978，序文第8頁。該卷之序形容麥法連教授這篇論文為「指導原則」（guiding principle）。此論文原刊於《德倫大學學報》，四十五期（1952-3）（*Durham University Journal*, XLV, pp.77-93）。

Pound）、梵樂希（Valéry）、麥基納（MacKenna）、法蘭茲・羅森茲維格（Franz Rosenzweig）、華特・班雅閔（Walter Benjamin）、昆恩（Quine）──就幾乎涵蓋了所有為翻譯提出基本或新論點的人了。⑤

但是史坦納把譯者置於附庸的地位，這與賴赫包描述譯者有如教堂門口的乞丐一樣，基本上還是後浪漫主義的觀點，而且僅涉及作者、文本、讀者、譯者這條溝通鏈的階級概念，而沒有觸及翻譯過程本身的內在層面。以提摩西・韋伯研究雪萊的翻譯成就為例，記錄了文學活動類別之間日漸加大的分裂，顯示在十九世紀初期的英格蘭，即使一位作家自身的作品都能發展出一個階級系統。這是因為對待翻譯的態度與盛行的翻譯概念為何，來自於產生它們的時代以及塑造並主導那個時代的社會經濟因素。瑪麗雅・寇蒂（Maria Corti）便指出，經過十九世紀，由於印刷書籍流通廣泛，作者再也沒辦法清楚知道自己的讀者群在哪裡，一者是因為對象可能如此龐大，一者是因為它跨越了各個階級與社會族群。對於譯者，這個視線不清的問題則更加嚴重。⑤

　　因此，對於當代理論家，翻譯研究的歷史應該是十分重要的研究領域，而且不應該建立在狹隘的定點上。嘉達（Gadda）給系統下的定義，恰如量身訂做般可套用到翻譯研究的通史研究上，而且能展示這個幾乎才剛起步的研究領域有多遼闊、複雜：

　　於是我們認為，每個系統都有層層無盡的糾纏，像個拆解不清的

⑤ 喬治・史坦納（George Steiner），出處同上，269頁。

⑤ 瑪麗雅・寇蒂（Maria Corti）。《文學符號學入門》（*An Introduction to Literary Semiotics*）。M. 鮑嘉（M. Bogat）與 A. 曼得本（A. Mandelbaum）譯。Bloomington and London: Indiana University Press, 1978。

關係結或網：其頂端可以從許多高處望見；而每個系統都可牽連到無數個相互牽連的軸：呈現的方式永無窮盡。⑫

翻譯研究自成學門

　　有人指出，翻譯研究已自成一家的研究領域浮上檯面以後，讓翻譯的地位在文學與文化史裡、在交流全球化裡，受到認真地重新評估。二十世紀最後二十年裡，有兩條廣闊的思考路線出現並興盛：一者視翻譯為**跨文化交易**（intercultural transaction），涉及有關權力不平等的意識形態議題，另一者則直接揚棄任何語言等同方面的探討，把焦點放在文本的**功能**與**目的**上。這兩條探索翻譯的思考路線來自不同的立場：前者主要由文學翻譯研究推動，後者來自對其他類型文本的研究。二者又因一件事實而更加涇渭分明：大半翻譯與權力之關係的研究，其從事學者的主要研究興趣在後殖民主義、文化研究與性別研究，其中舉纛領軍的理論家包括賈克・德希達（Jacques Derrida）、皮耶・波何都（Pierre Bourdieu）、侯密・巴巴（Homi Bhabha）以及蓋亞崔・查拉弗地・史畢伐克（Gayatri Chakravorty Spivak），從功能性來研究翻譯最具影響力的理論家，則是德裔學者的漢斯・魏密爾（Hans Vermeer）、凱瑟琳娜・萊斯（Katharina Reiss）以及克莉斯田・諾德（Christiane Nord）。

目的理論（skopos theory）

　　Skopos 這個字衍生自希臘文，意思是「目的」，由萊斯與魏密爾所創造，並在他們的著作《翻譯通論的基礎》（*Grundlegung einer*

---

⑫ 卡羅・艾密立歐・嘉達（Carlo Emilio Gadda）。《米蘭沉思》（*In meditazione milanese*）。Turin: Einaudi, 1974, p.229。

allgemeine Translationstheorie,1984）中提出。諾德的著作《翻譯爲目
的導向的活動：闡釋功能主義之觀點》（*Translation as a Purposeful
Activity: Functionalist Approaches Explained*, 1997），（以英語撰寫）
大幅增加非德語母語讀者，接觸目的理論（亦即大家所知的**功能主義
理論**）的機會。這個理論基本上著眼實務：譯者必須決定譯文要達到
什麼目的，然後依據其目標來決定如何翻譯。如魏密爾所言：

　　筆譯／口譯／口說／書寫所用的方法，是爲了讓你的文本／譯本
能在所使用的情況裡發揮功能，符合使用者的要求，並如要求完全發
揮其功能。[53]

這段話的意思是，譯者有自由決定如何依據目標語言裡某文本類型的
常模來改造文本。於是下列文本，如專業信件、說明手冊、法律及科
技文件、食譜以及格式等，在目標語言裡必須重建，端看譯者判斷什
麼是最適當的作法，譯法從以字換字到徹底改寫之間都有可能。只要
譯者認爲合適，可以對文本進行任何調整；甚至可以刪除或增添內
容，以確保信息清楚傳遞。

　　艾德溫‧甘茲勒（Edwin Gentzler）認爲，目的理論在翻譯理論
的演化過程裡的重要性無與倫比，因爲它有效打破了一個兩千年無法
遁逃的對立軸，也就是非忠實即自由。此說無庸置疑在二十世紀的重
要性與日俱增，因爲注意焦點開始轉移到視聽媒體翻譯、新聞翻譯以
及爲政治對話所作的翻譯。它給譯者提供了向前走的道路，不再限制
他們必須跟隨原文語言的結構，讓他們能專注在所譯文本能否在目標
環境裡完成所負的使命。

　　凸顯文本的目的，意味著強調文本在目標文化裡的作用，因此關

---

[53] Hans Vermeer, cited and transl. in Christiane Nord, *Translating as a Purposeful Activity: Functionalist Theories Explained* (Manchester: St Jerome, 1997), p. 29.

注已轉離其源頭。這已在如何評量功能性翻譯，以及譯者對原文所負責任爲何，掀起論戰。耐人探索的是，儘管韋努堤主張異化譯法，已是公認重要的論點，功能主義取向卻堅守其本土化的路線。畢竟只有文本在目標文化裡所達成的功能才算數。

翻譯與權力

　　複系統理論（polysystems theory）帶給後人的貢獻，向來是把更多關注轉向翻譯裡意識形態的層面。伊塔瑪・伊凡佐哈在1978年提出一個看法：文化依自己的需求翻譯。[54]他已確認出何種狀況，會發生或大或小的翻譯活動，顯示文學對翻譯的需求，會隨著文學的演變而波動。地位穩固的文學體系傾向倚賴翻譯較少，新發展出來的或面臨瓶頸的文學體系，則可能會翻譯較多。這點我們可以在今日譯入英語的數量看出，比起英語仍屬方言的文藝復興時期，今日可謂少之又少，比起後者的大量傾譯，有如天壤，正如我們在當代的中國所看到波瀾壯闊的翻譯活動一樣。從這個創見，引發出一系列的研究，即探索翻譯與身分認同間的關聯；伊凡佐哈的模型，爲進一步思索翻譯在塑造文學與文化史上的重要性，提供了基本的出發點。

　　1990年，安德烈・勒菲弗與本人提出一個看法，翻譯正經歷一場**文化轉向**（cultural turn），關注如今聚焦在脈絡、歷史與約定俗成上。我們主張，翻譯從來就不是純粹爲翻譯而翻譯的活動。某一脈絡某個文本產生了，接著，爲了另一群屬於不同歷史、有著不同期待的讀者，這個文本被置入於另一個脈絡裡。[55]這表示，文本在其源頭脈

---

[54]　Itamar Even-Zohar, "The Position of Translated Literature within the Literary Polystem," reprinted in Lawrence Venuti (ed.), *The Translation Studies Reader* (London and New York: Routledge, 2002), pp. 192-7.

[55]　Susan Bassnett and André Lefevere (eds), *Translation, History and Culture* (London: Pinter, 1990).

絡裡的接受狀態，與在目標系統裡的接受狀態，永遠會有差異。思考下列兩個實際發生的狀況——翻譯在進行中實際所發生的事、該文本到了目標文化被接受的方式——可以看到一個文化如何看待其他文化。

文化轉向受到廣泛接受，讓探索轉向許多領域，例如翻譯與審查制度、翻譯與衝突、翻譯與新聞報導等等，這只是其中一些。有關不同語言與不同文化之間不平等的權力關係，也開始有人探索其中議題，最顯著的是性別研究與後殖民主義的研究學者。逐漸明朗的是，經由研究翻譯，我們才能明白文本跨過語言邊界時如何遭到操弄並改造，譯者只是涉入文本製作及散布的諸多媒介之一而已。正如瑪麗亞・泰瑪茲柯（Maria Tymoczko）與艾德溫・甘茲勒（Edwin Gentzler）在他們的著作《翻譯與權力》（*Translation and Power*）中指出，譯者有如創作作家與政客，同樣深入「參與創造知識與塑造文化的強大行動」[56]。在翻譯中所發生的事是，文本依據目標文化的需求而遭到改造，在有些情況裡，改造隱藏或扭曲原文的或原文文化的價值，好迎合目標文化的期待。本書前面便已提供一則佳例，在艾德華・費滋傑羅的心中，波斯詩歌先天上就劣於西方藝術，他曾寫道，他覺得翻譯波斯詩歌時，隨心所欲地發揮，頗具怡情之功效（參見「引言」第4頁）。

網路年代裡的翻譯

網路的出現，在對於翻譯的期望與翻譯實務兩方面都帶來轉變。自從1990年代中期，翻譯業隨著電子字典、語料庫以及翻譯記憶工具這類媒體的成長，變得日益科技化。這點事關重大，不但因為翻譯在

---

[56] Maria Tymoczko and Edwin Gentzler (eds), *Translation and Power* (Amherst: University of Massachusetts Press, 2002).

日益全球化的世界裡的需求量遠大於過去（因此需要訓練更多職業譯者），而且科技發展的速度也讓社會的期待改變。也許最具影響力的改變，是全球溝通的速度增加。例如新聞快報這種東西，我們才區區幾年，就習慣二十四小時連續播報的方式，這表示只要事件一發生，幾乎第一時間就要製作多語的新聞稿以供播報。

安森尼‧平姆曾研究網頁在地化的翻譯會有什麼效應，這種翻譯針對特定地區市場來翻譯並調整其素材，這種方興未艾的翻譯形式，如今十分常見。儘管網路在全球已擴張到無遠弗屆的地步，這個領域卻鮮少受到評論的關注。平姆縱覽此範疇後指出一個弔詭的現象：資訊也許暴增，這未必表示它們全部能受到接收。他發現許多研究顯示，即使教育程度高的網路使用者，大約也僅僅閱讀英語新聞報紙網頁所提供內容的四分之一，對此他要問，這對翻譯會有什麼影響；他認為，假如內容不會受到仔細閱讀，那麼在翻譯上花的工夫也許就不會那麼仔細了。[57]網路文案增加會有個結果，儘管上億破兆的文字在流通，卻僅有一小部分可能有人閱讀。這與詩歌翻譯的討論，姑且以此為例，簡直相隔十萬八千里，後者的討論可能細密到只討論譯者對某一行或甚至一個字，所選用的譯法。

隨著網路翻譯的研究增加，視聽媒體翻譯與機器翻譯，帶出各式各樣有關翻譯的定義與翻譯實務的議題。功能主義理論強調譯者有自由塑造其文本，以迎合目標文化的需求；這種自由手法在視聽媒體翻譯顯而易見，其譯者不但要處理口語的符號，也要處理其他符號系統，而且應用日新月異的科技。持平而論，今日已是二十一世紀，視聽媒體翻譯與科技類翻譯整體來看，需要視之為自成一門的獨立領域。配音與字幕翻譯也不再能以文學翻譯研究的工具來分析，而分析電子翻譯所採用的標準，也一定要納入科技層面。正如電影與電視研

---

[57] Anthony Pym, "Website Localization," in Kirsten Mjaelmkaer and Kevin Windle (eds), *The Oxford Handbook of Translation Studies* (Oxford: Oxford University Press, 2011), pp. 410-24.

究在1970年代脫離文學研究的範疇，時至今日，大家應該要視新媒體的翻譯為自立自主的領域了。在這個新脈絡裡，昔日爭論的議題，忠實、等同、異化對本土化、譯者可見與否等等，都無關緊要了。

第三章　文學翻譯特有的問題

在本書的引言裡，我強調翻譯理論與實務必須保持密切關係。完全無意願理解翻譯過程背後原理的譯者，有如一位完全不知道汽車動力如何產生的勞斯萊斯駕駛。同理，終生拆解引擎卻從不曾駕車到鄉間兜風的技工，用來比喻一位只鑽研理論而摒棄實務的枯燥學者，誰曰不宜呢？因此，在第三章，我打算以細部分析譯例的方式，來探討文學作品翻譯的課題，目的並不是要評定譯作的價值，而是要呈現某些特定的翻譯難題，如何在各別譯者選訂的標準裡浮現。

多重結構

安・克魯賽納（Anne Cluysenaar）在她論文學風格的書中，提出幾個有關翻譯的重要觀點。她相信，譯者在決定要保留或呼應原作中哪一部分時，不應當採用普遍接受的前提，而應當注意「個別作品的結構，散文、詩歌皆然」，因為「每個結構都著重某些語言特點或層面，而忽略其他。」她接著分析C・戴伊・路易斯所譯的梵樂希（Valéry）的詩作，〈腳步〉（Les pas），而得到下列結論：該翻譯並不成功，因為譯者「並無一套旗鼓相當的文學翻譯理論相佐」。她覺得，C・戴伊・路易斯所做的，就是忽略各個部分彼此之間的關聯，以及各部分與全詩的關聯，簡言之，他的翻譯「是顯而易見的『拙形劣狀』」。解救這種不足的方法，克魯賽納也隨後提供：她說，這裡所需要的是，「先將貫穿各個所要翻譯作品的結構加以描述出來」。[1]

克魯賽納這個語氣篤定的文學翻譯理論的評論，直接發展自結構主義對文學文本的切入角度，將文本視為一組相互關聯的系統，在另一組系統中運作。正如勞勃・修爾斯（Robert Scholes）所言：

---

[1] 安・克魯賽納（Anne Cluysenaar）。《文學風格學入門》（*Introduction to Literary Stylistics*）。London: Batsford, 1976, p.49。

　　每個文學單位，從個別句子到整個類別的字詞，全部可以用系統的概念來看待。我們尤其可以把各個作品、文類、以及整個文學體系視爲相關系統，而文學又是人類文化這個大系統裡的一個系統。②

　　許多譯者未能了解文學文本本身是一組複雜的系統體系，與作品本身範圍以外的其他系統體系有對話式的關係，這點往往讓譯者只著重在文本的特定層面，而忽略其餘層面。洛特曼研究一般讀者，定出四種接受者的基本立場：

　　(1) 讀者著眼於內容，視之爲物體來一探究竟，亦即閱讀其中之散文的論證或詩意的重述。
　　(2) 讀者看出作品結構的錯綜複雜以及各個不同層次間的互動。
　　(3) 讀者爲了特定目的，刻意膨脹作品某個層次。
　　(4) 讀者發現與文本的產生無必然關係的元素，並運用文本來服務自己的目的。③

　　顯然地，就翻譯的目的而言，第一種立場絕對不足（儘管許多譯者，特別是小說譯者，爲了著重於內容而犧牲文本形式的建構），第二種立場似乎是理想的出發點，第三及第四種立場在某些情況裡無可厚非。譯者畢竟要先成爲讀者然後再成爲作者，在閱讀過程中必然要採取某個立場。例如班‧貝立特（Ben Belitt）所譯聶魯達（Neruda）④

---

② 勞勃‧修爾斯（Robert Scholes）。《文學中的結構主義》（*Structuralism in Literature*）。New Haven: Yale University Press, 1974, p.10。

③ 尤利‧洛特曼（Jurí Lotman）。《詩歌文本結構》（*Struktura Khudozhestvennogo Teksta*）。Moscow: Iskusstvo, 1970。譯本有義大利文之《詩歌文本結構》（*La struttura del testo poetico*）。Milan: Musia, 1972。

④ 智利詩人（1904-73），1971年諾貝爾文學獎得主，爲許多文評家推崇爲二十世紀最偉大詩人之一。

的《華金‧莫瑞耶塔之榮耀與死亡》（*Fulgor y muerte de Joaquín Murieta*），在序言裡便有一段聲明，談讀者有權期待「美式的聲音，那是聶魯達的音韻變化中所沒有的」，翻譯所造成的結果是劇中政治情節完全遭到改變。由於強調「動作」，亦即「牛仔與印地安人神話」的元素，將該劇的辯證破壞殆盡，因此貝立特的譯本，可謂是洛特曼第三種讀者立場的極端例子。[5]

第四種立場裡，讀者在文本中發現的元素，從文本產生之初即開始演化；來自時間、空間上遙遠的文化系統的文本，這種情況恐怕是無法避免。二十世紀的讀者厭惡「耐心的葛瑞賽妲」（Patient Griselda）[6]這個母題，就是這類觀點變遷的例子，而史詩在西歐洲文學中絕跡，勢必導致這類作品的讀法改變。僅就語意的層次，由於文字的意義會改變，讀者／譯者若未仔細研究語源，將無法免於步入第四種立場。因此，在《李爾王》第三場第七幕裡，葛羅斯特（Gloucester）遭綑綁、折磨後，即將被剜去雙眼，他痛罵瑞根（Regan）是 Naughty lady〔淘氣的夫人〕，顯然 naughty 在當年是很重的話，如今分量大減，只用來訓斥小孩或者形容略帶詼諧而無傷大雅的（常與情慾有關的）過錯。

過多的時間、筆墨已浪費在企圖區分**翻譯、版本、改寫**，以及建立這些類別間「正確程度」的等級系統。然而，這類區分行為源自一個概念，讀者被動地接受文本，而文中真義被奉為神明。換言之，假

---

[5] 巴布羅‧聶魯達（Pablo Neruda）。《華金‧莫瑞耶塔之榮耀與死亡》（*Fulgor y muerte de Joaquín Murieta*）。班‧貝立特（Ben Belitt）譯。New York: Farrar, Strauss & Giroux, 1972。

[6] 流傳於歐洲古代的民間故事，薄伽丘、佩脫拉克及喬叟等文豪，皆曾以之為創作素材。故事內容主要是丈夫以近乎精神虐待的方式考驗妻子的服從與忠貞，例如指控子女非己所出而佯將子女處死（實際上是送他處扶養，等妻子通過考驗才再送回她身邊），甚至休妻另娶（看妻子是否如守寡般靜候他回頭）。基本上故事都以圓滿結局收場，母子重聚、夫妻重圓，原來一切又一切都只是考驗云云。

如視文本為僅能容許一種讀法的客體，那麼讀／譯者的任何「曲解」
都可以評斷為越權。這種評斷也許可以用在科學文件上，因為在類文
本裡，事件以絕對客觀的方式陳述、呈現，對於原文、譯文讀者都沒
有差異，但是，對於文學文本，立場並不相同。二十世紀的文學研究
有項極大的進步，那就是重新評估讀者。巴特（Barthes）眼中文學
作品的功用，在於讓讀者成為文本的**產生者**而不只是消費者，[⑦]而茱
莉亞・克瑞斯地華（Julia Kristeva）則認為讀者實現了作品符號指涉
（semiosis）程序的擴充。[⑧]於是讀者依據不同組合的系統來將文本
翻譯或**解碼**，而「正確」讀法是唯一的概念便瓦解了。在此同時，克
瑞斯地華的**文本互涉**（intertextuality）概念，也對翻譯學者具有深遠
的意涵，這個概念認為所有文本都與所有其他文本有關聯，因為任何
文本都絕不可能自絕於以前或周遭的文本。正如帕茲所提出（參見
「第一章・核心議題」第43頁），所有的文本都是翻譯的翻譯的翻
譯，而讀者跟譯者之間無法一分為二。

　　顯而易見的是，讀者即譯者這個想法，以及這種觀點所賦予的
極大自由，都必須負責地處理。讀者／譯者若是不接受布列希特
（Brecht）有唯物論證的思想基礎，或者沒看出莎士比亞十四行詩裡
的反諷，或者忽視維托里尼（Vittorini）在《西西里對談錄》（*Con-
versazioni in Sicilia*）中的反法西斯言論裡以聖餐變體教條做為掩護生
產的手法，那麼讀者／譯者便破壞了權力的平衡，視原作為自己的私
產了。假如閱讀未能完整納入作品的整體構造，以及作品與其產生時
空的關聯，這一切元素都可能錯失。瑪麗雅・寇蒂為讀者該扮演的角
色所做的總結，同樣可以做為給譯者的建議：

---

⑦ 羅蘭・巴特（Roland Barthes），《S/Z》（*S/Z*）。London: Cape, 1974。

⑧ 茱莉亞・克瑞斯地華（Julia Kristeva）。《小說文本》（*Le texte du roman*）。The Hague and
Paris: Mouton, 1970。

　　每個時期產生屬於自己的專有符號賦予形式，它的作用在於彰顯社會以及文學典範。一旦這些典範被消費殆盡而現實世界似乎消逝，為了重新捕捉現實世界，需要有新的符號，這點讓我們有權給文學的動態結構賦予資訊價值。如此看來，文學同時是藝術溝通的發送者與接受者（即大眾）之間的條件及地點。訊息或快或慢，總能透過管道流通；有些訊息脫離常軌而發生衝突，使得整個溝通路線失效；不過經歷披荊斬棘之後，新的路線又會開通。最後這個事實意義非凡：要了解這點，原本便需要磨練與投入才可能，因為偉大文學作品的超符號功能，改變了我們觀察世界的法則。[9]

由此觀之，譯者先以原本語言閱讀並翻譯，然後經由解碼的過程，把文本翻譯成譯作的語言。如此譯者花的工夫非但沒有比原文讀者少，其實是更多，因為原作經過不只一套系統的處理。因此，說什麼譯者僅翻譯而不詮釋，實在甚為愚昧，彷彿兩件事分得開似的。語際翻譯勢必反映譯者在詮釋原作時所加入的創作力。除此之外，在決定原作的形式、音步、節奏、語調、語域等的重建，譯者必須涉入多深，恐怕譯作語言系統與原作語言系統擁有同樣的地位，而且亦須考量譯作所負的功能為何。假如像是洛普古典文學叢書（Loeb Classics Library）[10]的情況，譯文與原文並列，做為逐行對照原文的閱讀輔助，那麼這個因素將是主要的翻譯準則。換個情況，若讀者對於原作文字的語言與社會文學傳統一無所知，那麼建構譯文的準則必然異於雙語版本所採取的。本書第二章已指出，管轄翻譯模式的準則，隨時代不同而大異，自然沒有哪一套翻譯戒律能適用於所有譯者。

---

[9] 瑪麗雅·寇蒂（Maria Corti）。出處同上。145頁。

[10] 哈佛大學出版之系列叢書，其宗旨為讓古希臘羅馬以古希臘文及拉丁文所作之重要文學作品，能讓最多讀者閱讀，故其排版方式為開卷左手邊為原文，右手邊則為英文逐行直譯，顯然企圖讓不諳古希羅語言的讀者，能一見古代巨作原貌。

詩歌與翻譯

　　在文學翻譯的領域裡，投注在研究詩歌翻譯問題的時間，比其他文類的翻譯都還要多。許多宣稱探討這類問題的研究，若非進行同詩異譯的評比，就是個別譯者聲明自己如何建立解決問題的方法。[11]難得有詩歌與翻譯的研究，從非實證性的角度來討論方法論的問題，然而正是這個類型的研究最有價值也最欠缺。

　　安德烈・勒菲弗曾著書討論英文譯者翻譯卡圖勒斯（Catullus）[12]的第六十四首詩[13]的各種譯法，勒菲弗將它們分為七個類別：

　　(1) **音素翻譯**，此法企圖在譯文中製造原文的音效，同時概略重述原意。勒菲弗得到的結論是，此法在處理詩中擬聲手法時差強人意，但是整體而言則顯得笨拙，往往原意盡失。

　　(2) **逐字翻譯**，這種著重以字換字的譯法，扭曲了原文的意義與句法。

　　(3) **格律翻譯**，此法主要的標準，在於重現原詩的格律。勒菲弗的結論是此法與逐字翻譯一樣，僅關注原作某一個層面，而不顧文本是渾然的整體。

　　(4) **以文譯詩**，勒菲弗的結論是此法會扭曲原詩的意義、溝通價

---

[11] 例子如下：伯頓・賴弗（Burton Raffel）的《雙尖舌：探究翻譯的過程》（*The Forked Tongue: A Study of the Translation Process* [The Hague: Mouton, 1971]）；C・戴伊・路易斯（C. Day Lewis）的《論詩歌之翻譯法》（*On Translating Poetry* [Abingdon-on-Thames: Abbey Press, 1970]）；威廉 J. 得・蘇瓦（William J. de Sua）的《英譯但丁》（*Dante into English* [Chapel Hill: University of North Carolina Press, 1964]）；保羅・賽弗（Paul Selver）的《翻譯詩歌的藝術》（*The Art of Translating Poetry* [London: Jon Baker, 1966]）。

[12] 公元前一世紀（約80至50之間）羅馬詩人，為奧維德、霍瑞斯及魏吉爾等古羅馬大詩人的推崇。

[13] 安德烈・勒菲弗（André Lefevere）。《翻譯詩歌，七種策略與一個藍圖》（*Translating Poetry, Seven Strategies and a Blueprint*）。Amsterdam: Van Gorcum, 1975。

值與句法，只是程度上與逐字或格律類型的翻譯不同。

　　(5) **押韻的翻譯**，譯者在此法中「受到雙重的約束」，即韻腳與格律。勒菲弗對此類翻譯的評語特別嚴苛，他認為譯作不過是「諧擬」卡圖勒斯。

　　(6) 以**無韻體翻譯**，勒菲弗在此同樣強調，譯者受制於所選擇的詩體，但是指出譯文較精確而字面意義也較符合原作。

　　(7) **詮釋**，在這個項目下，勒菲弗討論他所謂的**版本**與**模仿**，前者是保留原文的內容而形式有所改變，後者是譯者另作一詩，但是「與原作相同的，假如有的話，只有篇名與出發點」。

　　勒菲弗的研究再次顯示安‧克魯賽納的論點正確，因為勒菲弗所探討的譯法裡的缺失，來自過分強調詩中某一或數個元素，而忽略整體性。換言之，建立一套譯法標準以供遵循，譯者勢必為了顧此而失彼，無法將詩作視為有機結構來對待，必然譯出明顯失衡的譯作。然而，勒菲弗對版本一詞的用法，可能誤導視聽，因為這似乎暗示**版本**與**譯本**截然不同，進而成為主張形式與內容可以截然切割的立論基礎。然而，如波波維奇指出[⑭]，「譯者有權作因地制宜而自行發揮」，只要追求這個自主權是以原作為念，但求譯出有生命的作品。

　　J. P. 蘇利文（J. P. Sullivan）的文章，〈詩人譯家〉（"The Poet as Translator"），討論龐德的《向塞斯特斯‧普洛博修斯致敬》（*Homage to Sextus Propertius*），蘇利文憶起曾問龐德為何他在該詩第一段裡，用了Oetian gods 而不用 Oetian God（即赫丘里，Hercules）。龐德回答，那只是因為後者會「打亂詩行的流暢」（bitch the movement of the verse）。同文稍前的段落裡，蘇利文引用龐德為自己作品受到

[⑭] 安東‧波波維奇（Anton Popovič）。〈翻譯分析中「表達方式調整」之概念〉（"The Concept of 'Shift of Expression' in Translation Analysis"）。收錄於詹姆斯‧荷蒙斯所編之《翻譯的本質》（*The Nature of Translation*）。The Hague and Paris: Mouton, 1970。

酷烈抨擊所做的辯護：

　　不，我並沒有翻譯普洛博修斯（Propertius）。儘管詩中提到渥滋華斯，還諧擬了葉慈的詩句，支加哥那個笨蛋還是自行把「致敬」解作「翻譯」。（彷彿任何人只要敢不自量力地假裝自己非常古羅馬人，他就自然而然能有別於廉價的輔助教材）⑮

　　對龐德而言，他清楚區分他的譯作與這篇《致敬》之作，但是對那些浸淫於十九世紀恪遵直譯精神的學者，這個區別則無關緊要。龐德對於譯者的職責，有相當明確的想法，不過他的指涉架構，則更加接近波波維奇的看法而非 W. G. 海奧（W. G. Hale）教授。⑯龐德並未把他的《致敬》界定為翻譯；他聲稱，他作這首詩是要讓古人起死回生。簡言之，文學的復活術。

　　翻譯遠古文本的最大困難在於，不但詩人與其同代人物已逝，**詩作因所處情境而生的意涵**也不復存在。有時候，文類既已死亡，例如田園詩（pastoral），再怎麼忠於原來的形式、形狀或語氣，都無法重新開啟溝通的管道，**除非**，用瑪麗雅・寇蒂的說法，**將譯文語言系統同樣納入考量**。對於古典作品，這點首先指的是，在原文享有高於譯文地位的情況裡，克服沿垂直軸心翻譯的難題。除非譯文旨在輔助閱讀原文之用，否則，大家得接受波波維奇的理論：在翻譯過程中，表達方式的調整無法避免。⑰

---

⑮ J. P. 蘇利文（J. P. Sullivan）。〈詩人譯家——艾茲拉・龐德與塞斯特斯・普洛博修斯〉（"The Poet as Translator—Ezra Pound and Sextus Propertius"）。《坎寧書評》（*The Kenyon Review*）。XXIII (3) Summer, 1961, pp.462-82。

⑯ 海奧教授是帶頭圍剿龐德的學者之一，對「信」的本質曾有一段漫長的論戰，他對龐德的惡毒攻訐，是其中的核心戰役。

⑰ 波波維奇將調整（shift）區分為五個類型：

　　以下列舉卡圖勒斯第十三首詩以及三個譯本為例，看看不同的翻譯概念如何運用到翻譯古典作家的作品：

An Invitation to Dinner

原文：

Cenabis bene, mi Fabulle, apud me
paucis, si tibi di favent, diebus,
si tecum attuleris bonam atque magnam
cenam, non sine candida puella
et vino et sale et omnibus cachinnis.
haec, si, inquam, attuleris, venuste noster,
cenabis bene; nain tui Catulli
plenus sacculus est aranearum.
sed contra accipies meros amores
seu quid suavius elegantiusve est:
nam unguentum dabo, quod meae puellae
donarunt Veneres Cupidinesque,

---

a. 體質調整（constitutive shift）：由於任何語言系統之間都有差異，因此此調整必然會發生。

b. 文類調整（generic shift）：可形容為「這種主旨調整所帶來的改變，是在於文本做為某種文類之特質的改變」。

c. 個人調整（individual shift）：「這類個人的偏好體系，是受譯者表現慾與其主觀的語言習性所激發」。

d. 負面調整（negative shift）：這是指翻譯裡有誤解。

e. 主旨調整（topical shift）：這類原文與譯文在主題事件上的差異，是因為兩文採用了不同的本義。波波維奇接著指出，當譯者意欲傳達言外之意而非狹隘不足的本義，便會採用這種調整。

quod tu cum olfacies, deos rogabis,
totum ut te faciant, Fabulle, nasum.

卡圖勒斯（Catullus, 13）

〔有美饌供你，法布勒，在我家
就在幾天之後，若眾神眷顧你
假如你也帶來美味而豐盛的
食物，未必沒有苗條美女一位
暨美酒、機智與一切嬉笑。
假如你帶了這一切，我說，魅力十足的朋友
你會吃得好，因爲你的卡圖利的錢囊
裝滿了蜘蛛網
不過我會回報你，你會得到最精純的友情
或任何更爲甜美、更爲優雅的東西：
因爲我會送你香水，那是我的女友
從眾愛情神衹處求得的，
當你展蓋一聞，你會祈求眾神
把你，法布勒，變成一個鼻子。〕

(1) 瑪瑞斯譯本：

Now, please the gods, Fabullus, you
Shall dine here well in a day or two;
But bring a good big dinner, mind,
Likewise a pretty girl, and wine
And wit and jokes of every kind.
Bring these, I say, good man, and dine
Right well: for your Catullus' purse
Is full—but only cobwebs bears.
But you with love itself I'll dose,

Or what still sweeter, finer is,

An essence to my lady given

By all the Loves and Venuses;

Once sniff it, you'll petition heaven

To make you nose and only nose.

威廉‧瑪瑞斯爵士（Sir William Marris, 1924）

〔現在，眾神庇佑，法布勒斯，你

將在一二日內，在此用餐；

但請攜一頓美饌來，有勞了，

還有美女一位，以及美酒，

以及各形各類的機智與笑話。

帶來這些，我說，好哥兒，並用餐

好好享用：因為你卡圖勒斯的錢包

滿滿裝著──都是蜘絲蛛網。

不過我會賦予你愛本身，

或將更甜美、更精緻之

精髓，要給我那位女士的，

來自所有的諸邱比特與眾維納斯；

聞一聞，你會祈求上天

讓你變成鼻子，只有鼻子。〕

(2) 考普利譯本：

say Fabullus

you'll get a swell dinner at my house

a couple three days from now (if your luck holds out)

all you gotta do is bring the dinner

　　　　and make it good and be sure there's plenty

Oh yes don't forget a girl (I like blondes)

and a bottle of wine maybe

　　and any good jokes and stories you've heard

just do that like I tell you ol' pal ol' pal

you'll get a swell dinner

　　?

　　what,

　　　about,

　　　　ME?

well;

　　well here take a look in my wallet,

　　　yeah those're cobwebs

but here,

　　I'll give you something too

　　　I CAN'T GIVE YOU ANYTHING BUT LOVE BABY

no?

well here's something nicer and a little more cherce maybe

I got perfume see

it was a gift to HER

　　straight from VENUS and CUPID LTD.

when you get a whiff of that you'll pray the gods

to make you (yes you will, Fabullus)

　　ALL

　　NOSE

　　　　　　　法蘭克 O. 考普利（Frank O. Copley, 1957）

〔喂，法布勒斯

你會在我家吃到一頓很棒的晚餐

就在兩三天以後（如果你還走運的話）

你只需要做一件事，帶晚餐來

　　而且要美味，確定量也要夠
對了，不要忘了，還有女孩（我喜歡金髮的）
也許再加一瓶酒
　　再加一些你聽過的勁爆笑話與精彩故事
就照我說的去準備，哥兒們、哥兒們
你會吃到一頓很棒的晚餐
　　　？
　　　　那
　　　　　　我
　　　　　　　　呢
　　　　　　　　　？
這個嘛：
　　　　哪，看看我的皮夾，
　　　　　　沒錯，結滿蜘蛛網
但聽我說
　　　　我會回報你的
　　　　　　　我什麼都給你不起，但是可以給你愛，寶貝
不要？
那這裡還有更好的東西，也許更親密喲
你瞧，我有瓶香水
是給**她**的禮物
　　　　　從維納斯暨邱比特有限公司買的
只要噴一下那玩意兒，你會祈禱眾神
把你變成（是的，你也會，法布勒斯）
　　　　一個
　　　　　　大鼻子〕

(3) 強森譯本：

Inviting a friend to supper

To night, grave sir, both my poore house, and I

Doe equally desire your companie:

Not that we thinke us worthy such a ghest,

But that your worth will dignifie our feast,

With those that come; whose grace may make that seeme

Something, which, else, could hope for no esteeme.

It is the faire acceptance, Sir, creates

The entertaynment perfect: not the cates.

Yet shall you have, to rectifie your palate,

An olive, capers, or some better sallade

Ushring the mutton; with a short-leg'd hen,

If we can get her, full of egs, and then,

Limons, and wine for sauce: to these, a coney

Is not to be despair'd of, for our money;

And, though fowle, now, be scarce, yet there are clarkes,

The skie not falling, thinke we may have larkes.

He tell your more, and lye, so you will come:

Of partrich, pheasant, wood-cock, of which some

May yet be there; and godwit, if we can:

Knat, raile, and ruffe too. How so ere, my man

Shall reade a piece of Virgil, Tacitus,

Livie, or of some better booke to us,

Of which wee'll speake our minds, amidst our meate;

And Ile professe no verses to repeate:

To this, if ought appeare, which I not know of,

That will the pastrie, not my paper, show of

Digestive cheese, and fruit there sure will bee;

But that, which most doth take my Muse, and mee,

Is a pure cup of rich Canary-wine,

Which is the Mermaids, now, but shall be mine:

Of which had Horace, or Anacreon tasted,

Their lives, as doe their lines, till now had lasted.

Tabacco, Nectar, or the Thespian spring,

Are all but Luthers beere, to this I sing.

Of this will have no Pooly', or Parrot by;

Nor shall our cups make any guiltie men:

But, at our parting, we will be, as when

We innocently met. No simple word,

That shall be utter'd at our mirthfull boord,

Shall make us sad next morning: or affright

The libertie, that wee'll enjoy to night.

班・強森（Ben Jonson）

〔邀請朋友來晚餐

今晚，先生，敝居與本人

同樣企盼您的光臨：

倒非我們自以為值得大駕光臨，

但有您在場，粗茶淡飯也變成珍饌，

有了那一切：您的仁慈讓敝饌

成為美餚，原本幾乎無甚價值。

正因這慷慨的接受，[18]先生，讓

---

[18] 當時雖說有「施為慷慨，受亦為慷慨」之說，但此處顯然是擺明要人請客，卻說得冠冕堂皇。

我的招待完美：而非外燴

然而請嚐嚐，以修正您的味蕾

一顆橄欖、小酸豆或些許更好的沙拉

襯托羊肉；用一隻短腿雞，

如果抓得到牠，滿腹的卵，接著，

檸檬與酒做醬：對這些而言，一頭兔子

應該不必大驚小怪，還買得起；

然而儘管現在雞鴨雖缺，幸而還有學究

天空若不墜，我們尚有雲雀。

他跟你說得更多，扯了謊，好騙你來：

竹雞、雉雞、鶡鳥，這一切

還沒準備周全；還有黑尾鷸，假如我們弄得到：

還有紅鷸、秧雞以及鴇鳥。至此覺得如何，老哥

將誦一段魏吉爾、泰西塔斯

李維或某一本好書給我們聽，⑲

我們坦心表達感受，一面進餐；

而我保證不會拿詩出來長誦：

對此，如果顯而易見，我並不知情，

會有糕點，而非我的詩頁，裝點著

易消化的乳酪，水果也一定不會少；

但是最讓我的繆思，還有我，著迷的，

是一杯純淨香醇加納利黃金葡萄酒，

此時屬於美人魚酒店，將來屬於我：⑳

---

⑲　哪一本好書呢？可能指聖經，詩人似冒褻瀆之險，開個有驚無險的玩笑。

⑳　歐洲到了強森的時代，各國早已跨洋到美洲開疆闢土，自然界於新舊大陸間、孤懸大西洋中之蕞爾列島加納利也成為海外珍饌的來源。以海洋意象為名的酒店，在當時自然盛行，此時自然另有一層意思，此物之佳，原非凡人所享，屬人魚所有，有何不宜？

霍瑞斯或安納克瑞雍也嚐過，

他們的生平，就如他們的詩行，流傳至今。

菸草、仙醪、或賽斯賓泉水，

不過是德式啤酒㉑，對此我歌頌。

也不會有普利或巴洛在場，那樣牛飲或發酒瘋；㉒

酒杯又不會讓我們成為有罪的人：

但是，等筵散告別，就如

我們清白地聚會。沒有哪句無心之話，

在歡樂的酒席上吐露的

第二天會讓我們傷心：或驚懼

其魯莽，有關我們歡度的夜晚。〕

　　三個英文譯本，顯而易見，面貌差異極大，簡直長度、排列、分行等無一相同，語調更是迥異。三者共享的，是波波維奇所提出的定質核心，也就是**晚餐的邀約**、**關愛**、**玩笑的語調**、**叫窮**等路線所構成的元素。第三個譯本所缺的，是原作與另兩個英文譯本都包含的元素，**恭維蕾絲碧雅**（Lesbia）路線。此定質構成主題與語調，而各譯者所採取的形式則大相逕庭。瑪瑞斯顯然企圖在英文句法以及韻腳格律的形式結構能容忍的範圍內，儘量譯得亦步亦趨，但是這種方法無異自綁手腳，以至於到了第十行意義便逐漸晦澀，而原詩的犀利也就消磨殆盡。卡圖勒斯的詩藝全賴將大量的訊息壓縮在有限空間裡，該

㉑ 原名為路德式啤酒，酒精成分較低，在此為詩人所鄙視：在班‧強森譯此詩的年代，英國脫離羅馬教廷自立英國國教教派不久，故此似有自視高於當時日耳曼系的路德改革教派的意味。

㉒ 普利與巴洛為當時的間諜，由於都鐸時期，英格蘭崛起，與歐陸關係緊張，弄得英倫海峽兩岸諜影幢幢；再加上其王室血脈與歐陸及蘇格蘭王室的糾纏不清，當時王室的正當性，是極為敏感的主題。大詩人馬洛（Marlowe）據傳說，便曾從事間諜工作，後遭人刺死於酒吧，但應屬酒後鬥毆之意外。

詩既以點到爲止的詼諧邀請友人，也同時表達對他所愛女人的欣賞。除此之外，該詩也須依賴讀者對一整套影射系統的熟稔——例如以眾神爲對象所開的玩笑或者香水的意涵等，這些對於現代讀者完全沒有意義。儘管意涵晦澀不明，瑪瑞斯還是以字面照譯，然而他在第十一及十二行卻使用耐人尋味的擬古句法。他運用 *essence* 〔精髓〕這個名稱而非 *perfume* 〔香水〕，他將 *meae puellae* 〔我的女友〕美化譯爲 *my lady* 〔我的女士〕，他保留了 *Veneres Cupidinesque* 〔諸邱比特與眾維納斯〕的複數形式，儘管複數在這裡的意涵對英文讀者已然失傳。接著在末二行他遭遇其他難題。他將 *tu olfacies* 〔嗅之〕譯成屬於不同語域的 *sniff it* 〔聞一聞〕，在後半行又立刻改用較文雅的語言，然而在此又選 *god* 來譯 *deos* 〔眾神〕，將所有 *heaven* 〔上天〕對照 *god* 的所有含意都帶進來。我們完全想不透瑪瑞斯翻譯此詩所採取的選字標準爲何。假如他僅僅想把原作的意思傳達給英文讀者，那麼他大可以散文重述，因此他心中顯然有譯出詩歌的意圖。他所落入的陷阱，似乎正是詩歌譯者想在譯作中保留極爲正式的韻腳形式時會落入的陷阱，在這裡的代價是讓譯作得不到英文詩歌該有的任何力道與內涵。

　　相對地，法蘭克・考普利的標準則顯而易見。他的焦點放在原詩詼諧而口白式的語氣，以及說話者與其對象之間的親密友情，他還將語言現代化，企圖確保說話者的角色塑造能主導一切其他元素。他的譯本是篇戴蒙・朗尼昂式[23]（Damon Runyonesque）戲劇化獨白，然而他在幾個方面比瑪瑞斯更接近原作。他的開場白，*Say, Fabullus*，有卡圖勒斯首行開門見山的力道，相對而言，瑪瑞斯譯本的首行，語氣便失之拘謹，友情的元素也被放在 *so please the gods* 之後，結果便疏遠了。卡圖勒斯有些地方可能對於二十世紀的讀者隱晦不明，考普利刻意插入語句並添加內容，正是爲了讀者加以澄清——因此緊接在

---

[23] 戴蒙・朗尼昂（1884-1946）美短篇小說家，好描寫紐約百老匯各路人物，以結合正式口吻與辛辣俚語之特殊文風著稱。

no?〔不要？〕後的那行歌詞，正是連接該詩前後兩段的扣環，在瑪瑞斯的譯本裡兩段便顯得強貼勉湊。而 *VENUS and CUPID LTD.*〔維納斯暨邱比特有限公司〕這個片語，是企圖以不同的方法來澄清原意。在這裡，原詩利用複數形式產生的笑點，譯文以另一個幽默系統取代，笑點來自將神的名號用在異常的上下文中。

　　由此觀之，考普利的譯本絕非偏離原作，在某些層面反而比瑪瑞斯講求直譯的譯本，更接近拉丁文寫成的原詩。正如波波維奇指出，在翻譯過程可能包含調整文本的語意屬性，這並不表示譯者想要忽略原作的語意訴求，其實是因為譯者：

　　　　想盡方法傳達原作的語意內容，克服隔離原作與譯作二者系統的差異，克服兩種語言的差異以及兩種呈現主題內容的方法的差異。㉔

不過，若將考普利譯本所使用的語域與卡圖勒斯的詩相比，則其譯法較難自圓其說。卡圖勒斯畢竟是貴族，其語言儘管有彈性，但總是高雅自持，考普利的說話者是諧擬強尼‧雷伊（Johnny Ray）㉕世代的青少年。考普利所選擇的語域，在某方面降低了這個素材的格調。該詩不再是各元素優雅而巧妙的融合，它變成具有明確的特定時代與背景。當然，譯文比起原詩雖然要晚近許多，其語言與語調已經變得跟原詩幾乎一樣遙遠！

　　第三個譯本的譯法，也極其明顯沒有貼著卡圖勒斯的《第十三首詩》走，然而它在情緒、語調以及語言上，卻比其他兩個譯本更接近卡圖勒斯。以下比較詩中一處點到為止的嘲諷：

Haec, si, inquam, attuleris, venuste noster,

㉔ 安東‧波波維奇（Anton Popovič）。出處同上。49頁。

㉕ 強尼‧雷伊（1957-），前美大聯盟球員，活躍於80年代，90年代初轉戰日本職棒，不久便退休。

cenabis bene;
〔假如你帶了這一切，我說，魅力十足的朋友
你會吃得好，〕

與此句

And, though fowle, now, be scarce, yet there are clarkes,
The skie not falling, thinke we may have larkes.
〔然而儘管現在雞鴨雖缺，幸而還有學究
天空若不墜，我們尚有雲雀〕

阮囊羞澀的託辭、友人之間的情誼、理想中的晚餐與實際可能吃到晚餐間的差異，這些元素強森無一不精彩地表達了。對那位女士的恭維消失了，取而代之的是對學習的愛好；香水則被某種 Canary-wine〔加納利葡萄酒〕取代，這種仙漿可是能讓霍瑞斯與安納克瑞雍（Anacreon）[26] 長生不老。原詩的兩段結構強森雖完全保留，我們的詩人譯者卻另作其他用途。強森的詩正是勒茲卡諾夫（Ludskanov）所描述的符號轉換（參見「第一章・核心議題」第19頁），也就是雅各慎的創意換位（creative transposition），因為他將卡圖勒斯的詩加以發揮，並在文藝復興的英國裡賦予新的生命。

　　不過強森的詩中有另一個元素，再次喚起了一切與文本互涉有關的議題。詩中的幽默系統，任何讀者都能進入，但是對於已經熟悉卡圖勒斯詩作的讀者，會有第二個幽默系統加入作用。因此，將強森譯為德文的譯者，若不考慮英文與拉丁文詩歌的關係，以及強森刻意在句法上呼應其原文以饗有心的讀者，那麼他將錯失許多重點。因此強

---

[26] 西元前六世紀後期至五世紀初之，以飲酒詩及聖歌著稱，後為希臘人奉為九大詩人之一。

森的詩可以當作原創來讀，亦可當作卡圖勒斯的翻譯來讀。

　　麥克・瑞法特（Michael Rifaterre）在他的著作《詩歌的符號學》（*Semiotics of Poetry*）裡主張，讀者是唯一連結文本、詮釋者、互涉文本的人，並提出下列看法：

> 因此，讀者創造意義的行爲，並非看過詩作後，半隨機式生成語言的聯想，而是來回反覆掃描文本，受符號自身原有的二元性所驅動——非文法性的，如模擬，與文法性的，如意涵網絡。[27]

他接著提出，在讀者的心靈裡有個「持續重新啓動」的程序，每一次重新經歷「浮現的意涵」，游移性（indecisiveness）便交替於失落與重獲兩個狀態。他聲稱，正是這種波動，讓一首詩有永無窮盡的讀法與魅力。然而同樣顯而易見的是，假如他對詩讀者的賞詩理論是正確的——而且他在他的書裡一開始便聲稱詩的多重意義需要數次閱讀方能浮現——那麼，本書則主張反對譯詩要求唯一一個完全而不可變動的譯本，也主張合掌式的翻譯不可取，因爲那畢竟只是「以管窺詩」的讀法罷了。

　　從上列三個卡圖勒斯的詩作譯本，我們可以看到，有時譯本愈想貼近原文，重現其語言及文字的結構，功能就離原詩愈遠；有時在形式與語言上大動手術，反而更能符合原詩的意圖。然而這並非譯詩的唯一標準，讓我們看看下列盎格魯撒克遜古詩〈水手之歌〉（*The Seafarer*）[28]的兩種譯本，此處便呈現另一套迥異的原則。由於原詩

---

[27] 麥克・瑞法特（Michael Rifaterre）。《詩歌的符號學》（*Semiotics of Poetry*）。Bloomington and London: Indiana University Press, 1978, p.166。

[28] 該詩收錄於十世紀古抄本中的盎格魯撒克遜詩作。全詩一百二十四行，詩末有單行一字「阿門」做結。詩中說話者雖掙扎於陸地安逸之生活與海上艱辛之冒險，但其意願還是主張男兒應有志在四海的雄心壯志，但究竟是年長水手對晚輩的激勵或是內心自省的獨白，則各有支

甚長，此處討論範圍，僅限所摘選之片段。

The Seafarer

1.

A song I sing　of my sea-adventure,

The strain of peril,　the stress of toil,

Which oft I endured　in anguish of spirit

Through weary hours　of aching woe.

My bark was swept　by the breaking seas;

Bitter the watch　from the bow by night

As my ship drove on　within sound of the rocks.

My feet were numb　with the nipping cold,

Hunger sapped　a sea-weary spirit,

And care weighed heavy　upon my heart.

　　Little the landlubber,　safe on shore,

Knows what I've suffered　in icy seas

Wretched and worn　by the winter storms,

Hung with icicles,　stung by hail,

Lonely and friendless　and far from home.

In my ears no sound　but the roar of the sea,

The icy combers,　the cry of the swan;

In place of the mead-hall　and laughter of men

My only singing　the sea-mew's call,

The scream of the gannet,　the shriek of the gull;

Through the wail of the wild gale　beating the bluffs

The piercing cry　of the ice-coated petrel,
The storm-drenched eagle's　echoing scream.
In all my wretchedness,　weary and lone,
I had no comfort　of comrade or kin.

　　Little indeed can he credit,　whose town-life
Pleasantly passes　in feasting and joy,
Sheltered from peril,　what weary pain
Often I've suffered　in foreign seas.
Night shades darkened　with driving snow
From the freezing north,　and the bonds of frost
Firm-locked the land,　while falling hail,
Coldest of kernels,　encrusted earth.

　　Yet still, even now,　my spirit within me
Drives me seaward　to sail the deep,
To ride the long swell　of the salt sea-wave.
Never a day　but my heart's desire
Would launch me forth　on the long sea-path,
Fain of far harbors　and foreign shores.
Yet lives no man　so lordly of mood,
So eager in giving,　so ardent in youth,
So bold in his deeds,　or so dear to his lord,
Who is free from dread　in his far sea-travel,
Or fear of God's purpose　and plan for his fate.
The beat of the harp,　and bestowal of treasure,
The love of woman,　and worldly hope,
Nor other interest　can hold his heart
Save only the sweep　of the surging billows;
His heart is haunted　by love of the sea.

Trees are budding　and towns are fair,

Meadows kindle　and all life quickens,

All things hasten　the eager-hearted,

Who joy therein,　to journey afar,

Turning seaward　to distant shores.

The cuckoo stirs him　with plaintive call,

The herald of summer,　with mournful song,

Foretelling the sorrow　that stabs the heart.

Who liveth in luxury,　little he knows

What woe men endure　in exile's doom.

Yet still, even now,　my desire outreaches,

My spirit soars　over tracts of sea,

O'er the home of the whale,　and the world's expanse.

Eager, desirous,　the lone sprite returneth;

It cries in my ears　and it urges my heart

To the path of the whale　and the plunging sea.

　　　　　　　查爾斯 W. 甘乃迪（Charles W. Kennedy）

〔我唱首歌　有關我的海上冒險，

危險帶來緊張　艱辛的壓力，

那是家常便飯　精神飽受焦慮所苦

疲憊的漫長時間　悲痛如割，

我船如漂葉　任海濤撕扯：

守望的苦楚　夜晚在船首

我的船向前航行　礁石之聲可聞，

我雙足麻木　因寒冷侵蝕之故

饑餓吸乾　因海疲憊的精神，

而憂慮沉重壓下　落在我心頭上。

　菜鳥水手啊，　安穩留在岸上，

哪知道我吃了什麼苦　在那冰海上，
狼狽而耗累　受冬天的風暴摧殘，
冰柱身上結　冰雹頭上叮，
孤獨無朋友　家鄉在天邊
耳中無別音　唯有浪濤吼
那冰冷的層層捲浪，　那天鵝的唳鳴；
在宴饗的大廳裡　眾人的歡笑聲
我只唱我的　海鷗的呼喚，
鰹鳥的吶喊　海鷗的尖叫；
經由瘋狂海風的呼號　打擊那片片懸崖
透耳的尖聲　來自披霜的海燕
暴雨濕透的老鷹的　迴蕩的唳鳴。
在我這一切困頓之中　疲累而孤獨，
我沒有任何慰藉　來自同志或親人。
　他的確無甚可自誇，　其城居生活
愉快度過　常有歡宴與快事，
不受危厄侵害　以及折磨的痛苦
那是我常承受的　在那異國的海域。
夜幕深降　風雪逼人
來自那冰凍的北方，　還有冰霜的糾結
牢牢鎖住大地，　同時冰雹如雨，
極寒之寒，　大地冰封。
　儘管如此，即使此刻，　我心中仍保精神
催我出海　航向深洋，
駕馭長浪　那鹹澀的海浪。
從未有過一日　我心渴望不曾
催我出發　踏上遼闊海道，
欣然嚮往遠方海港　以及異國海岸。

然而世上不曾有人　如此雄心壯志，
如此急於付出，　在少年時如此熱切，
行徑如此大膽，　或受主人如此珍愛，
他不受懼怕所困　在那遠洋的旅途上，
或者疑慮上帝的用意　以及給他安排的命運。
豎琴的節拍，　以及財富的分賞，
女人的愛，　以及世俗的希望，
也無其他興趣　而留住他的心
除了那迅疾的　洶湧巨浪；
牢占著他的心　是對大海的愛。

　樹木發芽　而城鎮美好，
草原成長　所有生命萌發，
萬事催促　那有心人，
他們的喜悅　在遠遊他方，
轉向大海　朝遠方的港岸。
布穀鳥撩動他　以悲哀的呼喚，
夏日的先鋒，　以悼亡之歌
預告了悲傷　那刺心之痛。
生活優渥的人，　他哪裡知道
人們承受何等苦楚　在放逐的厄運裡。
然而，即使現在，　我的欲望長伸，
我的精神高飛　在那航海路徑上，
超越鯨魚之家，　越過世界的邊闊，
急切、渴求，　那獨行的精靈回來；
它在我耳畔高呼　它督促我心
朝向鯨魚大道　以及洶湧的大海。〕

2.

May I for my own self song's truth reckon,
Journey's jargon, how I in harsh days
Hardship endured oft.
Bitter breast-cares have I abided,
Known on my keel many a care's hold,
And dire sea-surge, and there I oft spent
Narrow nightwatch nigh the ship's head
While she tossed close to cliffs. Coldly afflicted,
My feet were by frost benumbed.
Chill its chains are; chafing sighs
Hew my heart round and hunger begot
Mere-weary mood. Lest man know not
That he on dry land loveliest liveth,
List how I, care-wretched, on ice-cold sea,
Weathered the winter, wretched outcast
Deprived of my kinsmen;
Hung with hard ice-flakes, where hail-scur flew,
There I heard naught save the harsh sea
And ice-cold wave, at whiles the swan cries,
Did for my games the gannet's clamour,
Sea-fowls' loudness was for me laughter,
The mews' singing all my mead-drink.
Storms, on the stone-cliffs beaten, fell on the stern
In icy feathers; full oft the eagle screamed
With spray on his pinion.
　　Not any protector
May make merry man faring needy.

This he little believes, who aye in winsome life

Abides 'mid burghers some heavy business,

Wealthy and wine-flushed, how I weary oft

Must bide above brine.

Neareth nightshade, snoweth from north,

Frost froze the land, hail fell on earth then,

Corn of the coldest.　Nathless there knocketh now

The heart's thought that I on high streams

The salt-wavy tumult traverse alone

Moaneth alway my mind's lust

That I fare forth, that I afar hence

Seek out a foreign fastness.

For this there's no mood-lofty man over earth's midst,

Not though he be given his good, but will have in his youth greed;

Nor his deed to the daring, nor his king to the faithful

But shall have his sorrow for sea-fare

Whatever his lord will.

He hath not heart for harping, nor in ring-having

Nor winsomeness to wife, nor world's delight

Nor any whit else save the wave's slash,

Yet longing comes upon him to fare forth on the water

Bosque taketh blossom, cometh beauty of berries,

Fields to fairness, land fares brisker,

All this admonisheth man eager of mood,

The heart turns to travel so that he then thinks

On flood-ways to be far departing.

Cuckoo calleth with gloomy crying,

He singeth summerward, bodeth sorrow,

The bitter heart's blood.　Burgher knows not—

He the prosperous man—what some perform

Where wandering them widest draweth.

So that but now my heart burst from my breastlock,

My mood 'mid the mere-flood,

Over the whale's acre, would wander wide.

On earth's shelter cometh oft to me,

Eager and ready, the crying lone-flyer,

Whets for the whale-path the heart irresistibly,

O'er tracks of ocean; seeing that anyhow

My lord deems to me this dead life

On loan and on land, I believe not

That any earth-weal eternal standeth

Save there be somewhat calamitous

That, ere a man's tide go, turn it to twain.

Disease or oldness or sword-hate

Beats out the breath from doom-gripped body.

And for this, every earl whatever, for those

speaking after—

Laud of the living, boasteth some last word,

That he will work ere he pass onward,

Frame on the fair earth 'gainst foes his malice,

Daring ado, ...

So that all men shall honour him after

And his laud beyond them remain 'mid the English,

Aye, for ever, a lasting life's blast,

Delight 'mid the doughty,

　　Days little durable,

And all arrogance of earthen riches,

There come now no kings nor Caesars

Nor gold-giving lords like those gone.

Howe'er in mirth most magnified,

Whoe'er in mirth most magnified,

Whoe'er lived in life most lordliest,

Drear all this excellence, delights undurable!

Waneth the watch, but the world holdeth.

Tomb hideth trouble. The blade is layed low.

Earthly glory ageth and seareth.

No man at all going the earth's gait,

But age fares against him, his face paleth,

Grey-haired he groaneth, knows gone companions,

Lordly men, are to earth o'ergiven,

Nor may he then the flesh-cover, whose life ceaseth,

Nor eat the sweet nor feel the sorry,

Nor stir hand nor think in mid heart,

And though he strew the grave with gold,

His born brothers, their buried bodies

Be an unlikely treasure hoard.

龐德（Ezra Pound）

〔容我爲我自己接受真相之歌，
旅途的口號，我如何在苦日子裡
時時忍受苦楚。
怨怨的胸口憂慮，我得受下，
我常跪地而知，自己時時在憂慮掌中，
而凶險海潮，是我常到的地方
在近船首視野狹小的守夜

大海把船拋近岩崖。　寒冷侵逼，
我的雙腳讓霜凍麻了。
冷顫是它的鏈子；焦燥的嘆息
把我心磨鈍，而饑餓帶來
純屬疲憊的情緒。　為免他人不知
他在陸上過美好人生，
我細數，為憂心憔悴，在冰冷海上，
受盡冬寒，可憐的逐客
被剝奪了親人；
身上掛了堅冰片片，在那雹雨暴落，
我只聽到除了凶險的大海
及冰冷波濤，不時有天鵝呼號，
為我的獵物帶來鰹鳥的喧鬧，
海禽的喧囂我聽來是歡笑，
海鷗歌唱，全程伴我宴饗飲酒。
風雨，在風吹雨打的岩石懸崖，落到船尾
如冰冷的羽毛；充耳是老鷹的唳鳴
展翅滑翔。
　沒有任何保護者
可以讓幸福的人安度困頓。
這個他們不會相信，那些生活優渥的人
身居商賈鉅貨之間，
富有而頰泛醺紅，我常處艱辛
必須忍受海水侵濡。
近晚時分，雪自北來，
霜凍大地，冰雹隨降，
寒極凍瘡。　儘管如此，如今回想
心中的想法是，我在上游

獨自劃破那鹹澀波濤的動蕩

永遠呻吟著我心頭的欲望

我要前航，我要遠行

尋找一個異國的堅港。

關於這個，在世界上沒有誰心靈高貴於別人，

非關他有優點，而他年輕時亦會有貪念；

他的作為算不算有膽識，對其國王是否忠貞

他終究為海上旅程而悲傷

非關他主人的意旨是什麼。

他無心於奏樂，也無意買婚戒

不想為娶妻而優渥，或世俗樂趣

不要任何鞭策，除了波浪的抽打，

然而渴望襲身，要他向水域前進

小林發花，美果結實，

田野日麗，大地生氣日盛，

這一切鞭策人胸中的急切，

心轉向遠行，因此他心想

波濤之路該闊步踏上。

布穀鳥以憂鬱的呼聲鳴叫，

他向夏天歌唱，唱出心含悲傷，

怨心滴血。　商賈不知──

那事業有成的人──有人的做為

志在到天地最遠的涯角。

因此，此時我心卻欲破胸而出，

我的心情全在波濤之上，

在鯨魚的領域，意欲闊遊。

在陸地上的住所裡，常襲我心

急切而蓄勢待發，獨飛者的呼喚，

讓欲往鯨道的心，催促得無法抗拒，
在那海洋航道之上；眼看著無論如何
我主人命我過著雖生猶死的日子
為債務及土地所困，我不相信
任何陸地上的幸福能永遠存在
除了有些旦夕之禍
在人的機運溜走之前，讓幸福破滅。
疾病或衰老或血光之災
把生息逼出惡運緊纏的身體。
關於此，無論哪位伯爵，那些
事後褒貶的人——
對在世者的讚美，自詡為定論，
他在過世前能名符其實，
美好塵世的格局，對抗其敵人，即他的惡意，
英勇事蹟，……
因此，世人將在他身後推崇他
而他的美名將久存在英格蘭人之間，遠至後代
沒錯，永遠，永存的不變生命，
勇者間的喜悅，
　　日子轉眼即逝，
而一切陸地財富的傲慢，
如今不會帶來國王、皇帝
也無賞金的主人，能比擬已逝的那些。
無論在如何放大的歡樂中，
無論誰在放大的歡樂中，
無論誰度過了位高權重的人生，
這一切飛黃騰達都可悲，易逝的樂趣！
目光黯去，世界存留。

墳墓埋藏麻煩。刀刃低垂。
陸地的榮耀老去、凋零。
任何以陸地的步姿行走的人
沒有一個不受年齡摧殘，他的臉龐失去光彩，
他爲華髮呻吟，知道逝去的同伴，
氣派的一群，全進了塵土之下，
再無血肉覆骨，只要人死了，
再無法嚐美食，也無法感傷，
再無法揮手或挑心動念，
即使以金鋪墳也無用，
與他作伴的兄弟，同埋的皮囊
恐怕不是什麼寶藏。〕

首先遇到的問題是，該詩的內容爲何：是年老的水手與年輕的水手之間的對話嗎？還是水手的獨白，表達無視海上生活的艱辛，依然爲大海著迷之意？我們是否應該以詩中有貫穿全文的基督教思想來看待此詩，還是視基督教元素爲添加物，只是強貼勉湊於異教文化之上？再者，一旦譯者設定了明確的處理方向，接下來還有所有涉及盎格魯撒克遜詩歌形式的問題；該詩體依賴行內複雜的重音模式，每行又分爲兩段，並有形態豐富的頭韻模式貫穿全詩。任何譯者都必須先決定採取何種整體結構（亦即，是否省略基督教的指涉），而接下來要決定的是，原詩之形式所仰賴的語言結構，是譯文語言所完全沒有的，若要加以翻譯，該採用什麼譯法。

查爾斯 W. 甘乃迪（Charles W. Kennedy）的譯本僅局限在一百零八行原作的前六十五行，而龐德的譯本則包含一百零一行，由於他省略了結論，因此不得不在文本主體做相關調整，好確定所有可能涉及基督教的意涵完全清除。龐德譯本的第二段七十三至八十一行如下：

And for this, every earl whatever, for those speaking after—

Laud of the living, boasteth some last word,

That he will work ere he pass onward,

Frame on the fair earth 'gainst foes his malice,

Daring ado ...

So that all men shall honour him after

And his laud beyond them remain 'mid the English,

Aye, for ever, a lasting life's blast,

Delight 'mid the doughty,

〔關於此，無論哪位伯爵，那些事後褒貶的人——

對在世者的讚美，自詡爲定論，

他在過世前能名符其實，

美好塵世的格局，對抗其敵人，即他的惡意，

英勇事蹟，……

因此，世人將在他身後推崇他

而他的美名將久存在英格蘭人之間，遠至後代

沒錯，永遠，永存的不變生命，

勇者間的喜悅，〕

龐德所做的改變，只須與原詩的直譯對照便一目瞭然，直譯如下：

Wherefor the praise of living men who shall speak after he is gone, the best of fame after death for every man, is that he should strive ere he must depart, work on earth with bold deeds against the malice of fiends, against the devil, so that the children of men may later exalt him and his praise live afterwards among the angels for ever and ever, the joy of life eternal, delight amid angels.

〔後世對今人逝去後的讚美會在何處，每個人身後最好的名聲，

必須在去世之前盡力爭取，在世間以勇敢的行徑對抗妖魔的毒計，對抗魔鬼，好讓後生者能加以推崇，讓他的美名能長存在天使之間，直到永遠，永生的喜樂，與天使同歡。〕⑳

因此第七十六行的 *deofle togeanes*（對抗魔鬼）被省略，*mid englum*（在天使之間）則變成 '*mid the English*〔在英格蘭人之間〕，而 *dugepum*（接引的天使們）變成了 *the doughty*〔勇者們〕。該譯本還做了另一個更大的調整，一般說法的 *eorl*（男人）譯成身分明確的伯爵（earl），這點讓龐德的詩把重點放在地位崇高的個人所受的苦難，而非平凡百姓所受的苦難。龐德的詩呈現的是悲痛的謫客，憔悴卻未屈服，將自己海上的孤獨人生，與下列之詩中人物對照：

> who aye in winsome life
> Abides 'mid burghers some heavy business,
> Wealthy and wine-flushed,
> 〔那些生活優渥的人
> 身居商賈鉅貨之間，
> 富有而頰泛醺紅，〕

不過查爾斯 W. 甘乃迪的版本描繪主人翁的方式，以較為親近之人稱之受格代名詞 me 與所有格 my，取代語氣較強勢的一連串 I，於是呈現一位尤里希斯（Ulysses）類型的人物，受向外發展的慾望所驅使。甘乃迪版的結語所呈現的尤里希斯型人物，催促自己向前邁進，他刻意將 *gifre*（不滿足）譯成肯定語氣的 eager（殷切）（此譯法龐德也跟進採用），改變了原詩的平衡，將水手主人翁變成**積極**的角色：

---

⑳ R.K. 葛頓（R.K. Gordon）譯。《盎格魯撒克遜詩歌》（*Anglo-Saxon Poetry*）。London: Dent, 1926。

Eager, desirous,　the lone sprite returneth;
It cries in my ears　and it urges my heart
To the path of the whale　and the plunging sea.
〔急切、渴求，　那獨行的精靈回來；
它在我耳畔高呼　它督促我心
朝向鯨魚大道　以及洶湧的大海。〕

　　已有大量文獻討論龐德譯本的精確性（accuracy）這個議題，同樣的論點一樣可以用在甘乃迪的版本上。不過龐德在其《向塞斯特斯‧普洛博修斯致敬》裡已宣稱，他的企圖並非翻出一套輔助讀本，而且在仔細對照原詩與他所譯的〈水手之歌〉之後可以清楚看出，他那寶塔玲瓏的文字遊戲，只顯示他深諳盎格魯撒克遜語而非一無所知。因此我們可以持平地說，原文與譯文在語言層面的相似，不是龐德翻譯的主要標準。甘乃迪的詩譯裡大改原詩之處較少，但是也不能因此將貼近原文視為較核心的翻譯標準。若想要找出兩個譯本所採用的翻譯標準為何，下列對照表可以提供大略的方向：

	龐德	甘乃迪
(1)	自由體（free-verse）[30]	保留原作的可見外貌，兩截式詩行格式。
(2)	具有盎格魯撒克遜語的重音模式的假象，但被不規則的詩行長度打斷。	企圖保留規律的重音模式，甚至不惜讓譯文顯得單調。
(3)	複雜頭韻模式，表面上近似原作。	較不複雜的頭韻模式。

---

[30] 又稱 ver libre〔法文〕。是二十世紀興起的詩體。其特色在於沒有固定的格律與韻腳。此處了解、欣賞自由體詩歌之關鍵，在於它「沒有固定」格律與韻腳，卻非絕無格律與韻腳。

	龐德	甘乃迪
(4)	企圖戲仿日耳曼語倒裝句法、複合字、古語，例如 *mood-lofty man*（第40行）、*bosque taketh blossom*（第49行）、*any earth-weal eternal standeth*（第68行）等等。	有些倒裝，有些複合，例如 *sea-wave*（第36行）、*eager-hearted*（第52行）。
(5)	沒有運用現代語的企圖，讓詩中的語言與句法，自始至終一樣古意盎然而且風味「陌生」。	運用二十世紀的語言，例如 *land-lubber*（第11行）、*I've*（第12行），不斷把受格代名詞與古語混用等，造成語言中古今扞格。
(6)	企圖再造原詩音效。	沒有刻意再造原詩音效。
(7)	以非基督教詩的詩作為設想。強調基督教到達以前，日耳曼人重視勇猛堅毅的價值觀。省略最後數行，所有提到上帝、永生等等的部分。	以探討遭放逐的個人的詩作為設想。全無去除宗教指涉的企圖（參見第44行的God），但是由於決定僅譯部分，幾乎迴避了所有與此相關的難題。
(8)	詩中主人翁所處的世界／系統，譯者使其時間、空間、價值觀都與現今相距遙遠。	該詩企圖讓盎格魯撒克遜人的世界與現代讀者的世界產生關聯。

詩歌之所以為詩歌，其具體可見的條件便是格律與韻腳。傳統詩歌的各個詩體，皆有約定俗成之格式。但是以英文文學來看，從莎士比亞起，早有丟棄韻腳的無韻體詩歌，是英文世界數百年來的主要詩體之一，其詩之美則來自格律的奇正變化。時至近代，詩人們發現，即便是音步格式等格律要素，亦可拋棄，讓詩才不受源自文字本身特質的條件束縛。因此，會有自由體詩歌是沒有格律、不押韻之詩作的說法。

但如大詩人暨詩論家艾略特一語道破，「天下無自由之詩歌」。詩歌必然有一定之遊戲規則。重點在於，傳統詩觀是以約定俗成之詩體為規則，詩人以此為基礎，建立其作品藝術之變化；自由體則反之，以每個靈感的變化為出發點，訂製僅屬於該首詩自成一格的規則。

因此詩傳統詩歌，欣賞者讚嘆詩人在既有之文體背景上，如何玩弄規則，甚至破壞規則以創造無窮新意；而自由體的讀者則是在看出作品內在自成宇宙的格律與押韻系統時，為其詩藝折服。如果創新與傳統如奇正二元，那麼傳統詩歌與二十世紀的自由體，都同樣是在奇正互用之間發揮詩藝而已。

	龐德	甘乃迪
(9)	該詩企圖在所用語言中，製造盎格魯撒克遜語的形式、語言與音韻模式等的假象，好提供盎格魯撒克遜的「味道」。	其詩並不刻意製造盎格魯撒克遜的「味道」。
(10)	該詩企圖重現原詩輓歌的情緒。	相同

　　這張圖表絕非完備，但是從這樣的譯本對比分析，卻可藉以顯示某些翻譯標準。二者之間，龐德的版本顯然比較複雜，因為他似乎比甘乃迪在更多層面上下工夫，但是兩位詩人無庸置疑都以原詩文本為出發點，寫出另一首有自身意義系統而能獨立存在的詩。他們對原作的**詮釋**，以及對此詮釋的**塑造**，是他們翻譯的基礎。

　　常常有人，例如朗費羅（參見「第二章‧翻譯理論史」第80頁），主張**翻譯**與**詮釋**是兩個獨立的活動，而譯者的責任便是譯出原作裡有的東西而非加以「詮釋」。這種論點的謬誤顯而易見──既然每一次閱讀都是一個詮釋，這兩種活動無法分割。詹姆斯‧荷蒙斯繪製了下列這個有用的圖表，呈現了翻譯與評論性詮釋的相互關係：[31]

　　韻文翻譯位於軸心位置，而各種形式的詮釋與各種形式的模仿及衍生，相互貫穿。再者，譯者會對某一文本不斷譯出「新的」版本，倒不是為了達到理想的「完美翻譯」，而是因為每個先前的版本都受制於所處環境，因此呈現的是它產生的時代可行的讀法，再加上譯者本人個人的觀點。威廉‧莫里斯所譯的荷馬或者《貝奧武夫》都深具個人風格，因為兩者都出自莫里斯個人的偏好系統以及對於古代文體與語言的熱愛，然而它們也都有維多利亞時期的風貌，因為它們示範

---

[31] 詹姆斯‧荷蒙斯（James Holmes）。〈韻文翻譯的形式與翻譯韻文的形式〉（"Forms of Verse Translation and the Translation of Verse Form"）。收錄於詹姆斯‧荷蒙所編之《翻譯的本質》（*The Nature of Translation*）。The Hague and Paris: Mouton, 1970。

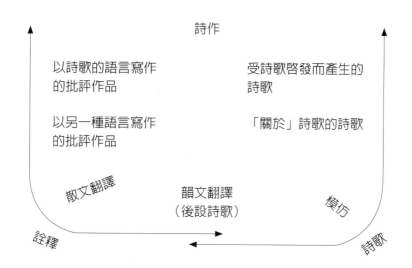

了一套那個時期特有的標準。文本與後設文本有個極大的差異，前者固定於某一時空而後者不停演變。《神曲》只有本尊一部，但是讀法卻無法勝數，因此理論上譯本也同樣無法勝數。

　　以上所討論的〈水手之歌〉與卡圖勒斯的詩歌的翻譯，展示了詩歌翻譯的原文與譯文的文化，若隔著時空的鴻溝，將會面臨的一些複雜狀況。所有的翻譯都反映了各別譯者的讀法、詮釋，此外，原作和譯作也各有**功能**，此功能的概念所決定的翻譯標準，也會反映在翻譯裡。因此，從上面研讀的詩歌來看，在某些個案裡，將語言及語調現代化被列為優先考慮，在別的個案裡，刻意古化則是主導特色。至於這些方法的成敗，則必須交付讀者細評精斷，不過譯法間的差異恰可凸顯一件事，詩歌翻譯沒有所謂唯一一個正確的譯法，正如詩歌創作也沒有所謂唯一一種正確的方法一般。

　　到目前為止，所討論的兩首詩都來自遙遠的系統。評論當代作家的翻譯時，其他議題便浮現了，以下以喬賽貝・溫嘉瑞堤[32]（Gi-

───────────
[32] 義大利現代主義詩人，第一屆（1970年）Neustadt International Prize for Literature 的得主，

useppe Ungaretti, 1888-1970）的一首詩的翻譯爲例。這首是典型的溫嘉瑞堤風格，布朗庫茲[33]（Brancusi, 1876-1957）的雕塑般線條簡潔而一目瞭然，以其單純的外貌產生極其強烈的效果：

Vallone, 20 April 1917

Un'altra notte,
In quest'oscuro
colle mani
gelate
distinguo
il mio viso

Mi vedo
abbandonato nell'infinito

〔另一個夜晚
在此黑暗裡
雙手
冰冷
分辨出

該獎為美國奧克拉荷馬大學與該校文學期刊 World Literature Today 所主辦，有文學界的諾貝爾獎之稱，因為該獎之得主、入圍者及評審中，有數十位在評審或獲得此獎之後，也受到諾貝爾的肯定。

溫喜瑞堤為義大利現代文學之重要人物，極富實驗風格。但是其親法西斯主義的過去，卻是他受人爭議之處。

[33] 羅馬尼亞雕塑家、畫家暨攝影師，成名於法國，是現代主義的先驅；亦如畢卡索，常自原始部落之異國風情中汲取靈感，是二十世紀最重要的雕塑家之一，有現代雕塑之父之稱。

　　我的容貌

　　看見我
　　放棄在無垠裡〕[34]

此詩文字的空間安排，是整體結構的首要內在元素，與語言系統互
動，讓此詩自身的系統產生一套特有的文法，典型的溫嘉瑞堤風格。
於是，譯者必須把原文的空間安排列入考慮，從下列兩個譯本可明顯
看出各有應付的方法：

　　（甲）
In this dark
with frozen hands
I make out
my face

I see myself
adrift in infinite space.

　　　　　　　　　　　　派崔克・柯里夫（Patrick Creagh）

　　〔在此黑暗
　　有著冰冷的雙手
　　我摸清楚
　　我的臉

---

[34] 這是逐行的直譯，盡量呈現義大利文原作的文字原貌，而不顧其詩藝，目的是讓讀者看出
　　 譯文在字序上所做的調動。在此「分辨」、「看見」兩個動詞，都沒在字面上寫出主詞
　　 「我」，但其動詞字尾已明白表達。

我看見自己
漂流在無垠的空間裡〕

（乙）
In this dark
with hands
frozen
I make out
my face
I see myself
abandoned in the infinite.

查爾斯‧湯姆林生（Charles Tomlinson）

〔在此黑暗
用雙手
冰冷的
我摸清楚
我的臉
我看見自己
遭遺棄在無限之中〕

　　甲譯本有六行而異於乙譯本之七行，是因為前者為了在第二行遵守英語句法。[35]乙譯本則扭拗語言的句法，好讓 *frozen*〔冰凍〕這個形容詞獨占第三行，以呼應原文的 *gelate*。不過這個拗句的產生，固然是詩心斟酌後，決定把義大利語常模套在英語文結構上，其效果卻

---

[35] 英語的形容詞通常是前位修飾，即放在所飾名詞前，有如中文習慣。因此若將此詩譯文做散文排列，如 In this dark, with hands frozen, I make out my face ...，將有如中文說「我用手冷碰我的臉」那樣不自然。

與原作截然不同。原作的力量來自字序的正常推進，而英文譯本卻依賴語句的**怪異**。

　　空間安排的處理，用在自由體上會更難以處理，因為其排列本身就有意義。為了展示這一點，以下以杭士基（Chomsky）著名的「無意義的」句子 *Colourless green ideas sleep furiously*〔無色的綠色想法憤怒地沉睡〕為對象，將它如下排列，

Colourless
green ideas
　　sleep

furiously

〔無色的
綠色想法
沉睡

憤怒地〕

原句中各元素之間看似毫無邏輯理路，在這個安排下變得可以接受，因為每一「行」都會增添新的概念，而這些無理路可貫穿的元素，放進看似有理路規範的結構裡，其間產生的聯想使整體的意義由此而生。因此其意義將非**內容界定**（content bound），而是**符號界定**（sign bound），因為個別字眼與所聯想的概念，會在閱讀過程中累積。

　　這兩則溫嘉瑞堤詩作的譯本，都嘗試建立某種視覺結構來呼應原詩，但是英語與義大利語句法上差距帶來的問題，卻如巨影浮現。兩個英文譯本似乎都過度強調 I〔我〕這個代名詞，這是因為義大利文

的句子結構裡，能在動詞片語中表達主詞是誰，無須明寫。[36]兩者都以 *make out* 譯 *distinguo*，如此改變了英文的語域。原詩的末行是詩中最長的一行，顯然是刻意安排，兩個英文譯本也都在此以長行來譯，但是內容上兩者卻有重大出入。乙譯與原文緊貼，保留了源自拉丁文的 *abandoned*，有別於甲譯採用源自盎格魯撒克遜語的 *adrift*。*Infinite* 乙譯以單字 *infinite* 來譯，甲譯則增添細節以 *infinite space* 來譯，這個做法同時為譯文增加了押韻這個元素。

　　義大利文的原詩，以明朗的意象與簡單的結構創造了單純的表象，隱藏了詩人精心設計的過程，亦即俄國形式主義學派所定義的異化（*ostranenie*），「使其變得陌生」，或者說，在個別作品的系統內刻意讓語言濃度增加，以增高觀察力（參見湯尼・班尼特〔Tony Bennet〕的《形式主義與馬克思主義》〔*Formalism and Marxism*, London, 1979〕）。由此觀之，儘管甲譯追求溫嘉瑞堤語言結構裡的「常態語言」，卻錯失了溫嘉瑞堤所描述的「字詞形象」帶來的力量。相對地，乙譯選用更正式的語調或語域，運用倒裝句構的修辭手法以及長而拉丁語源的末行，企圖以另一種方式使其語言「增加濃度」。

　　泰瑞・伊果頓（Terry Eagleton）在他一篇精簡卻具啟發性的文章指出，許多討論都把重點聚集在下列概念，一是文本是一個既定的資料這個概念，二是「爭論的焦點集中在該資料處理再造所用的操作方

---

[36] 動詞字尾因主詞而有不同寫法：如我看見為 vedo，你看見為 vedi，他看見為 vede，我們看見為 vediamo，你們看見為 vedete，他們看見為 vedono，而其原形寫法為 vedere。因此，主詞若明顯，往往就不在字面上寫出，例如僅寫 Vedo，便是英文的 I see。這點，其實中文也有類似情況（只是原因不同），試讀賈島〈尋隱者不遇〉一詩，「松下問童子，言師採藥去，只在此山中，雲深不知處。」全詩也未寫出動詞之主詞，但各動詞主詞是誰，卻十分清楚，無須字面寫出。以英文來譯這首詩，會遇到一樣的難題，因為把主詞在字面上言明後，全詩的境界與風格都不同了。

式（自由處理、貼近字面意義或重新創造？）」。然而他認為，近年來符號學方面的探索帶來了重大斬獲，其中一個便是這種論點已無法成立，因為文本互涉的概念已給世人指出，任何文本都是某種形式的翻譯：

　　每個文本都是一組由其他文本轉化構成的定數，包括其他先行於它們以及與它們同時並存的文本，甚至可能連意識都未察覺；一首詩正是在這些其他文本的包含、呼應與貫穿下產生。而這些其他文本，相對地，構成了這些先於文本而存在的元素的「組織纖維」，它們永遠無法再抽絲剝繭回到某個最初的「線頭」。㊱

因此，在不同時代雖有不同的約定俗成統轄翻譯的方法，譯者只有以這個觀點，才可能明白自己不受它的拘管，真正自己扛起責任把文本做為其後設文本的起點，亦即**翻譯─閱讀**（語際閱讀）的起點。正如上列諸例所顯示，形形色色的翻譯標準在翻譯過程中發生作用，無一不牽涉表達方式的調整，因為譯者必須用盡各種方式將自己實際上使用的讀法與譯文文化系統的支配力量結合。讀者未必喜歡法蘭克・考普利所譯50年代風格的卡圖勒斯，或者艾茲拉・龐德嘲仿盎格魯撒克遜的譯詩，或者湯姆林生略過高傲的溫嘉瑞提，但是無人能否認這些譯作，無一不是來自譯者以心中為譯作決定的明確功能，而精心界定的翻譯概念。

　　在結束這場簡短的詩歌翻譯標準研究之前，我建議讓我們再研究一下某一則文本與其兩則英文譯本，三者都與現代讀者相距數個世紀。這些翻譯有一個耐人尋味的特色，為了保留（而非替換）原作的形式，這些譯者在譯文語言系統裡引進新的形式──此處要談的是

㊱ 泰瑞・伊果頓（Terry Eagleton）。〈翻譯與轉化〉（'Translation and Transformation'）。*Stand*, 19 (3) pp.72-7。

十四行詩。[38]

　　佩脫拉克之原文：

　　Amor, che nel penser mio vive e regna

e'l suo seggio maggior nel mio cor tène,

talor armato ne la fronte vène,

ivi si loca, et ivi pon sua insegna.

　　Quella ch'amare e sofferir me 'nsegna

e vol che 'l gran desio, l'accesa spene,

ragion, vergogna e reverenza affrene,

di nostro ardir fra se stessa si sdegna.

　　Onde Amor paventoso fugge al core,

---

[38] 此體源於十三世紀之義大利，原名 sonnata 為短歌的意思。佩脫拉克為此時期之大師，後來逐漸風行全歐，人才輩出，等風行英國文壇時，已是近兩個世紀之後（如本文中之詩人年代所示），並以莎士比亞為箇中翹楚。雖然潮流有進有退，時至現代，仍然是相當重要的詩體之一，歷代皆有該體之大師及傑作。

十四行詩最初之押韻模式，分為前八行、後六行兩段，號為義式十四行詩或佩式十四行詩，但兩段之押法則有多種變化。傳至英國後，發展出三個四行詩段，加一個對子，號為英式十四行詩，又因莎士比亞將此體之特色，發揮得超凡近神，故此體又稱為莎式十四行詩（但莎非創始者）。

此二體之差異，本因英語字尾多有子音，致使同韻字遠比拉丁語系少，增加段數可增加使用不同韻腳之彈性（義式僅用四韻，而莎式則可多至七韻）。但結構差異，也帶來風格不同：兩段的義式十四行詩，因二者有相近篇幅可以鋪陳相稱之論證或陳述，故易為纏綿深婉；英式分為四段，思路必須高潮迭起，卻又只能點到為止，最後的對子更是過耳即逝，故詩人往往特別安排警句響言，另人驚豔，故易為精彩迭宕。

此體在歐洲有創作成系列詩群以獻給某一對象之傳統，詩群可從十數首至百首以上之譜，各首可以依序而讀，但亦可單獨品賞，如佩脫拉克獻給美女蘿拉之作。時至今日，在詩人手中義、英諸式已交互運用，或群或單，甚至衍生之型式，也未必以十四行為限，但以其精神為此體之標幟。

lasciando ogni sua impresa, e piange, e trema;

ivi s'asconde, e non appar più fore.

　　Che poss'io far, temendo il mio signore,

se non star seco in fin a l'ora estrema?

ché bel fin fa chi ben amando more.[39]

(Francesco Petrarca, 1304-74)

〔愛情，居住於並統治我心

　　並占據我心的主座

　　有時盛氣凌人浮上臉龐；

　　並在那裡駐紮，插上他的旗幟。

那位女士教我如何愛及受苦，

　　需要理性、羞恥及尊重以拘束

　　我的強烈慾望及焚燒的希望

　　讓她因我們的熱情，內心被冒犯。

因此愛，害怕了，逃到心中，

　　放棄一切，哭泣並顫抖；

　　他藏了起來，不再現形於外。

我的主人害怕，我能怎麼辦，

　　除了陪他受苦到最後？

　　能因善愛而死的，也算死得值得！〕

湯瑪士·魏厄特爵士譯本：

The longe love, that in my thought doeth harbar

　　And in myn hert doeth kepe his residence

　　Into my face preseth with bold pretence,

---

[39] 此詩有三個角色，追求者（及情人）、被追求者（高貴美人）以及擬人化的愛情（即情人的主子）。

And therin campeth, spreding his baner.
She that me lerneth to love and suffre
　　And will that my trust, and lustes negligence
　　Be rayned by reason, shame, and reverence
　　With his hardines taketh displeasure.
Wherewithall, vnto the hertes forrest he fleith
　　Leving his entreprise with payne and cry
　　And there him hideth and not appereth.
What may I do when my maister fereth,
　　But, in the felde, with him to lyve and dye?
　　For goode is the liff, ending faithfully.

(Sir Thomas Wyatt, 1503-42)

〔那占據我思緒的漫長的愛
　　並把我心頭做為他的居所
　　勉強我的臉做出大膽的表情
　　於是占地紮營並大張旗幟。
她教我學會愛與受苦
　　將忽視我的信任與慾望
　　並加諸理性、羞恥及崇敬
　　並從他的苦楚中取樂。
他於是帶了一切逃入心之森林
　　在痛楚與哭聲中，丟下他事業
　　並深藏其中，避不現身。
我該怎麼辦，我的主人逃逸，
　　除了對他忠貞，生死不棄？
　　因為忠貞一生，才是好人生〕

佘瑞譯本：

Love that doth raine and live within my thought,

And buylt his seat within my captyve brest,

Clad in the armes wherein with me he fowght

Oft in my face he doth his banner rest.

But she that tawght me love and suffre paine,

My doubtfull hope and eke my hote desire

With shamfast looke to shadoo and refrayne,

Her smyling grace convertyth streight to yre.

And cowarde love than to the hert apace

Taketh his flight where he doth lorke and playne

His purpose lost, and dare not show his face.

For my lordes gylt thus fawtless byde I payne;

　　Yet from my lorde shall not my foote remove.

　　Sweet is the death that taketh end by love.

(Earl of Surrey, 1517-47)

〔愛情的確統治並居住我的思想，

在我被占領的胸口建立他的寶座，

武裝自己，在那裡與我搏鬥

常在我臉上插上他的旗幟。

但是她教我愛而承受痛苦，

我多疑的希望，增加熱切的慾念

以羞愧的表情，逃向陰影並滯留，

她春風的眷顧，立刻翻臉發怒。

而懦弱的愛便向心中快奔

逃向他藏身及潛伏的地方

他無法得逞，也不敢再露臉。

我主人的愧疚並無過錯讓我難過，

　　然而我不會離我主人半步：

能伴愛情而死，死亡也美好。〕

　　比較這三首十四行詩，最驚人的一個層面是三者之間差異的程度之大。佩脫拉克的十四行詩分爲前八行、後六行兩段，其韻式（rhyme scheme）爲 abba/abba/cdc/cdc。魏厄特的詩亦同爲前八後六行，但是韻式是 abba/abba/cdc/cdd，如此讓末二行自成一段。佘瑞的詩變動更大：韻式爲 abab/cdcd/ecec/ff，讓它分成三個四行段落，末尾接上一個對子。形式上的變化有何意涵，細讀每首詩以後便能明白。

　　佩脫拉克以一個比喻開場：*Amor*（即愛情），情人心的主人與統治者，被擬人化成軍事將領，在情人面前打臉充胖，因此讀來顯眼。頭四行是一個句子，以 *Amor* 這個字領頭，並以 *Amor* 堅決張揚其旗幟結束。接下來的四行，觀點有異動，而焦點現在放在 *Quella ch'amare e sofferir me 'nsegna*（那位女士教導我去愛並受苦）。這段四行又是一個句子，句首描述女士希望其情人能受制於理性、羞恥心與敬畏心，句末以動詞 *si sdegna*（感到不悅）收尾，這首詩便繞著這個軸心片語運轉。接下來的六行描述愛情如何飛回心中、他如何害怕女士不悅以及他因此躲藏起來。不過，情人是在這末六行才爲自己說話，對讀者發出一個直接問句，顯示出他的無助，身陷一段封建關係，其受主人愛情的制轄。他問道，我的主人憂心忡忡（而我又恐懼他），我除了待在他跟前，直到最後時刻，還能怎麼辦？並且在最後一行加上一句，能在戀愛中死去可算是善終之上者。

　　情人在佩脫拉克的詩中呈現的形象，是個羞澀、恭敬的屬下，服從他的女士的願望與愛情的命令。他不行動，只有承受，詩的結構也加強了這個形象，因爲詩中只有一個第一人稱單數動詞，出現在詩末，而且還是用在強調他的無助的問句之中。末行是個結構精巧的動詞比喻，強調消極心態是美德，或者該說，詩中所讚美的這種被動的愛情。不過這首詩若要讀得透徹，光單挑出來研讀並不足夠，還必須

視爲佩脫拉克的《歌曲集》（*Canzoniere*）的一部分，將它與集子裡其他十四行詩在語言結構、意象、中心的塑造概念等方面接軌。除此之外，這首詩裡的情人所表白的態度（這與佩脫拉克的系統相通，因此緊繫於十四世紀對於戀愛與寫作的角色的想法），也不能太緊貼字面的意思作解。婉約反諷的幽默，在愛情挫敗與情人無能爲力只能相隨的描述裡表達得最是清楚，並且把詩背後嚴肅的道德原則顛覆。因此，該詩整體的**語氣**與情人的語氣，明顯不同。

　　魏厄特的翻譯做了幾個影響重大的調整，一開始便在第一行加入形容詞 *longe*，偏離了佩脫拉克首行裡鮮明的擬人化。再者，佩脫拉克的愛情充滿活力、權力在握，魏厄特的愛情則「駐留我心」。軍事用語到了佘瑞的譯本才占上風，而魏厄特把戰鬥的術語，降格爲盛宴的術語。在第二組四行裡又有另一個主要調整——佩脫拉克的十四行詩裡的女士被愛情與情人共犯的唐突行爲激怒（*di nostro ardir*——對我們的唐突），魏厄特的女士則爲「他的百折不撓」而不悅。描述愛情落荒而逃時，魏厄特創造了一個意象，「心之森林」（the hertes forrest），且在「在痛楚與哭聲中」（with payne and cry）處又用名詞而非動詞，淡化了佩脫拉克所刻畫出的徹底而難堪的羞辱景象。

　　魏厄特與佩脫拉克相去之遠，可由最後一行看出。情人在魏厄特的詩中所發的一個問題，雖說指出他的無助，卻也強調他的善意與勇氣。義大利文 *temendo il mio signore* 語中原有模稜之處（可以是主人心生恐懼，或者情人害怕主人，或者更可能，二者皆是），魏厄特則明白指出是主人害怕。最後一行，For goode is the liff, ending faithfully〔忠貞一生，才是好的人生〕，加強情人有高貴情操的形象。佩脫拉克的情人似乎透過堅貞的愛情來描繪死亡之美，魏厄特的情人則強調美好人生以及至死不渝的美處。魏厄特的詩呈現的是一位主動的情人，勇敢而堅貞，完全不依賴軍事術語來表達愛意與看待女士的不悅。愛情表現本色而遭挫敗，情人則建立另一種美好人生的理想。我們所讀的是一個政治世界，個人追求的是確保自己的生存，與佩脫拉

克所處的宗教改革前的世界，相去甚遠。

　　佘瑞的翻譯則保留原詩的軍事術語，但是又往更多層面發揮。情人成為俘虜（captyve），他與愛情時常發生衝突。此外，女士並未處於高不可攀的地位，她也為愛情的表白而生氣。她其實已然勝利，發怒則看來是因為對方太過熱情。佩脫拉克的十四行詩提到 desio 與 spene（慾望與希望），但是佘瑞的激情卻以肉體的方式呈現。女士一旦收起歡顏而換上怒容，愛情落荒而逃，但是它的逃跑遭到情人明明白白的咒罵。「愛情你這個懦夫」飛奔逃去，在心中安全的角落「躲藏並抱怨」。此外，在第三個四行段落的末行裡，情人明白地陳述他沒有犯任何錯誤，所受的罪全怪主人的錯。將詩分為三個四行詩節的設計，等於重新塑造詩的實體內容。他的詩並未推展至一個問句，以及討論垂死與愛戀是美德。實際上，該詩推展至一個對子，情人在此陳述，他決心即使面對死亡也不放棄他犯錯的主人。該詩的語氣，與情人的語氣無法區分，而詩中多處明明白白認同情人的立場，反對虛偽的主人愛情的錯誤行為，這讓魏厄特已明白強調的 I，在此更加放大。

　　兩則英文的譯本，都是產自迥異於佩脫拉克時代的社會文化系統，也都對原詩中結構與意義的模式，暗中進行調整（有時則明目張膽）。佘瑞所做的調整更加巨大，有時簡直不只是在翻譯，根本是刻意把詩中他認為不妥的元素摒棄（例如情人的消極特質、牢不可破的階級系統讓情人只能處於最低階等）。正面看待力爭上游的社會，將無法接受這種內容。但是魏厄特與佘瑞的翻譯，亦如強森的卡圖勒斯一樣，對原作所做的調整，後代讀者可能視為貶損佩脫拉克而痛加譴責；其實這些譯作的當代讀者都已熟稔原作，對於魏厄特以及佘瑞所處的文化菁英與知識分子圈裡的讀者而言，這些調整自有相當不同的功能。

翻譯散文

　　儘管討論詩歌翻譯相關議題的文獻著作已有相當的累積，花在研究專屬翻譯散文文學特有的議題的工夫，便少了許多。其中一個解釋是詩歌所享的地位較高，[40]其實更可能的原因是一個流傳甚廣的錯誤觀念，小說的結構就是比詩歌單純，因此比較容易翻譯。再者，為自己的譯法發表深入闡釋文獻的詩人譯家已有許多，但是這麼做的散文家譯家便少了許多。然而，就如前文所示，在決定如何進行翻譯的標準這方面，仍然有許多可學之處。

　　這幾年來，我設計了一項練習，來探索小說翻譯要如何進行。學生必須自行任選一本小說，翻譯開頭的一個或數個段落，然後分組加以討論。這個練習一再呈現一個現象，他們選譯的文本，往往是從來不曾讀過的，就算讀過，也是隔了一段時日而且也僅讀過一次。簡言之，他們只是翻開原作書本就**從頭譯起**，完全沒有思考開場段落會與作品整體會有什麼關聯。然而以這種作法，在詩歌翻譯便完全不能接受。這個現象十分有意思，因為它顯示，當文本被視為小說時，對於形式與內容間想像的區別，會用不同的概念看待。散文譯者（該說是不用心的那些），似乎更容易認為內容可以**脫離**形式而存在。

　　在此舉湯瑪斯‧曼恩（Thomas Mann）《魔山》（*The Magic Mountain*）的開場段落為例，展示當譯者強調他為了內容而犧牲整體結構，會有什麼發生什麼狀況：

---

[40] 各文類在東西方文學史裡所享有地位，並不相同，而在各自世界裡，歷代各文類的地位高低亦不相同。大體而言，在西方的文學國度裡，詩歌一直是地位最高的文類，又以史詩，數千年來一直是眾詩體之首，從荷馬、魏吉爾、但丁等大詩人，莫不是以其詩史巨作奠定文學史地位，直到文藝復興之後，情況才有了變化。在中文文學裡，散文向來是眾文之首，與西方極為不同。

An unassuming young man was travelling in midsummer, from his native city of Hamburg to Davos-Platz in the Canton of Grisons, on a three weeks' visit.

From Hamburg to Davos is a long journey—too long, indeed, for so brief a stay. It crosses all sorts of country; goes up hill and down dale, descends from the plateaus of Southern Germany to the shores of Lake Constance, over its bounding waves and on across marshes once thought to be bottomless.

H. T. 洛伊-波特（H. T. Lowe-Porter）

〔一位沒有架子的年輕人，在仲夏出遊，從他出生的城市，漢堡，到格瑞森州的達沃斯高地，這是個三週的訪程。

從漢堡到達沃斯是段漫長的旅程—— 只爲了停留三週，走這段路，的確太長。路上經過各種國家；登上山崗，降至山谷，從德國南部的高原，下降到康斯坦湖湖岸，越過跳動的波浪，穿過一度據傳無底的沼澤。〕

這是個步調明快、張力十足的段落，包含三個句子以及四個動作或移動的動詞，把讀者直接帶進故事裡頭。旅途直接明瞭的細節與年輕人計畫中停留的長度，符合作者給拜訪之短暫下的褒貶。簡而言之，我們這裡讀到的是個紮實的敘事開場，作者的聲音強而有力，而這裡所描繪的世界，與讀者依情理可想見的世界極爲貼近。

把這段譯文與其德文原文對照來看，其問題便浮現，德文與英文版本間的差異也加以比較。曼恩的小說開場段落如下：

Ein einfacher junger Mensch reiste im Hochsommer von Hamburg, seiner Vaterstadt, nach Davos-Platz im Graubündischen. Er fuhr auf Besuch für drei Wochen.

Von Hamburg bis dorthinauf, das ist aber eine weite Reise; zu weit ei-

gentlich im Verhältnis zu einem so kurzen Aufenthalt. Es geht durch meh-
rerer Herren Länder, bergauf and bergab, von der süddeutschen Hochebene
hinunter zum Gestade des Schwäbischen Meeres und zu Schiff über seine
springende Wellen hin, dahin über Schlünde, die früher für unergründlich
galten.

〔仲夏時節，一位尋常青年出外旅行，從家鄉漢堡去格瑞森州的
達沃斯高地做一趟爲期三週的訪問。

從漢堡到達沃斯有一段路途；但要和在那裡逗留的短暫時間相
比，這段旅途顯得無比漫長。一路上翻山越谷經過了好幾個國家，從
德國南部高原，一直到康斯坦湖濱，再乘船越過波濤洶湧的湖面，還
要途經深不可測的深淵。〕

在這個開場的段落裡，讀者讀到一系列的線索，帶領讀者進入小說通
篇運作的某種密碼系統。當然，這並不局限於現實世界所加諸的藩籬
內，也描繪了下列戲劇化對立概念之間意識形態的掙扎，如健康與病
痛、生命與死亡、民主與反動等；背景地點設在療養院，所有角色都
在「度假」，從求生的掙扎抽離。這幾句話所描述的旅程，於是在
許多層面上產生作用：首先這是年輕人實際上的旅程；也是穿越某
個民族國家的象徵旅程；這趟旅程也暗喻讀者即將展開的追尋。此
外，在曼恩對旅程的描述裡有刻意運用的手法（例如運用古典用語
Gestade 而非 *shore*），讓人想起十八世紀的風格，這是因爲小說另一
條主線，便是企圖將兩種文體風格結合，抒情詩與散文體。英文譯者
壓縮了曼恩的句構，減少了讀者可以切入文本的層次，譯者主要的關
切，顯然是營造情節快速推展的感覺。於是第二句被整合到第一句裡
而成爲一個單位，第四句則刻意省略加以縮短（例如 *zu Schiff*——乘
船）。修飾地點的格式化說法，被直截了當的地理名稱取代，而替換
曼恩文筆裡高貴莊重的語言的，則是尋常對話中敘述旅程漫長磨人所
用的一連串陳腔濫調。

　　變更的還有其他部分。曼恩第一句話裡對主角的介紹，使用了刻意平板的描述，這又是給讀者的另一個暗示，但是英文譯者將 *einfacher*（尋常）譯成 *unassuming*（謙和的）卻給角色塑造帶入強烈的元素，改變了讀者的觀點。由於譯者甚至把 *Schlünde*（深淵）誤譯為 *marshes*（沼澤）這樣的錯誤，我們實在很難不認為這位英文譯者未能充分掌握小說中的意涵。

　　另一種翻譯帶來的偏差，可從比較下列原譯文裡找到：

Il primo di giugno dell'anno scorso Fontamara rimase per la prima volta senza illuminazione elettrica.　Il due di giugno, il tre di giugno, il quattro di giugno. Fontamara continuò a rimanere senza illuminazione elettrica.　Così nei giorni seguenti e nei mesi seguenti, finché Fontamara si riabituò al regime del chiaro di luna.　Per arrivare dal chiaro di luna alla luce elettrica, Fontamara aveva messo un centinaio di anni, attraverso l'olio di oliva e il petrolio.　Per tornare dalla luce elettrica al chiaro di luna bastò una sera.

《山村馮塔瑪拉》，I. 席隆涅

(*Fontamara*, I. Silone, 1900-78)[41]

〔去年六月一日，馮塔瑪拉村第一次失去電力照明。六月二日、六月三日、六月四日。馮塔瑪拉村依舊沒有電力照明。於是，接下來的好幾天沒有，接下來好幾個月沒有，於是馮塔瑪拉又重新習慣月光

---

[41] 本名Secondino Tranquilli，義大利之作家及政治人物，為義大利共產黨之創始員之一，但後來反對史達林主義而遭逐出。其首部小說，亦最重要著作《山村馮塔瑪拉》，為作者在臥病瑞士時所作，1933年以德文出版，後譯成近三十種語言。以一貧窮農業山村為背景的政治小說，以農民境況廣泛代表人民受政客玩弄的普世政治現實。故事無明顯主角，由多人觀點及敘述組成。「馮塔瑪拉」（Fontamara）結合「苦（amaro）」、「泉（fontana）」二字，可直譯為「苦泉村」，其喻意甚明。

的管轄。在月光來臨接替電力照明之前，馮塔瑪拉已整整過了一百年，橫跨橄欖油到石油。從電力照明倒退回月光，只需一夜。〕

On the first of June last year Fontamara went without electric light for the first time. Fontamara remained without electric light on the second, the third and the fourth of June.

So it continued for days and months. In the end Fontamara got used to moonlight again. A century had elapsed between the moonlight era and the electric era, a century which included the age of oil and that of petrol, but one evening was sufficient to plunge us back from electric light to the light of the moon.

《馮塔瑪拉村》，G. 大衛以及E. 莫斯巴謝
(*Fontamara*, G. David and E. Mossbacher)

〔去年六月一日，馮塔瑪拉村第一次失去電力照明。馮塔瑪拉村六月二日、三日、四日還是沒有電力照明。

如此持續了好幾天，好幾月。後來馮塔瑪拉村再度習慣月光。月光的時代與電力照明的時代之間一個世紀逝去了，這個世紀還涵蓋了生物油的年代與石油的年代，不過一夜之間就足夠讓我們從電力照明倒退回月光。〕

《馮塔瑪拉村》開卷第一段便把該作品的語調介紹給讀者，這種語調是靠下列手法營造，書中有一連串的敘述者，而席隆涅只是將他們的話記錄下來。而該小說獨特的風味，正是來自這種語調，總是消沉而微諷，即使描述的經驗感人肺腑或者痛徹心扉也一樣。在這開場段落裡，敘事者描述進步轉瞬便不保，談到科技如何經過漫長而緩慢地發展才好不容易讓小山城有電燈可用，卻可能毀於一夕之間，於是那種婉言微譏、近乎認命的語調立刻成形。

義大利文文本包含五個句子。頭兩句以時間片語起頭 —— *il*

primo di giugno〔六月一日〕讓敘述的起點有明確的日期；句子於是從 *il primo di giugno* 這個樸拙的開場白展開，讓讀者跟上時間的腳步。第三句同樣以時間片語起頭，這回以對話口語的 *così*〔於是〕修飾，更走進了未來，有數週到數月之遠。末二句皆以動作動詞片語起頭：*per arrivare*〔來臨〕以及 *per tornare*〔退回〕，總結這個開卷段落所提出的論點，比起科技進展的龜步，加以丟棄的速度簡直迅如脫兔。因此這個段落的語言給人簡單的假象，近乎日常交談的口吻只是偽裝，這個段落運用大量修辭技巧，並精心經營出高潮，還運用一連串反覆的模式（例如數個同中有異的時間片語，以及 *illuminazione elettrica*、*luce elettrica*、*chiaro di luna* 等等這類字眼交替呼應的片語）。⑫

英文譯者沒有嘗試任何方法保留五個句子的形式，只以時間片語或動作動詞帶出句子。卻在第二句反轉時間片語的位置，把它們放在句末——這點若從英文的文體風格來看，倒說得過去——其餘三句的前兩句是將一句原文一刀兩斷而得來，而末句又是結合兩句原文形成。這個方法在前者效果不錯，帶來兩個以 *So it continued* 以及 *In the end* 領頭的句子，簡短而如對白般的陳述。但是把兩句原文在譯文中結合成單一長句，原文裡的動態感便在笨拙的結構裡消失。*Arrivare* 以及 *tornare* 這兩個不定詞變成 *elapsed* 以及 *to plunge back* 而 *attraverso l'olio di oliva e il petrolio*〔橫跨橄欖油到石油〕這個片語則增長為 *a century which included the age of oil and that of petrol*〔這個世紀還涵蓋了生物油的年代與石油的年代〕（卻未必說得更清楚）。*Era* 這個字有如走調的音符；把句末倒裝，讓原文中位於句末的那些話，喪

---

⑫ 義大利文版還有一個鏡像對仗，也是英文譯本應該不難呈現卻未能呈現，即末二句，*Per arrivare da chiaro di luna alla luce elettrica,… Per tornare dalla luce elettrica al chiaro di luna bastò una sera.*〔月光來臨接替電力照明……從電力照明倒退回月光……〕；此處的月-電及電-月順序的鏡像對仗，婉約地呼應了小說中許多相對的元素，顯然是作者精心設計。

失了所有原來的力道；而引用人稱代名詞 *us* 更讓前四句與末句的語域調整益顯突兀。然而，儘管 *chiaro di luna* 以及 *luce elettrica* 這些片語並未能以一致的譯法處理，英文文本裡顯然也企圖建立重複的模式（例如 *era* 以及 *century* 一再出現）。簡言之，英文譯本裡有太多不一致，實在難以看出任何翻譯標準。不過，顯而易見的是，譯者並未投入足夠的工夫，研究席隆涅所運用的修辭手法有什麼作用。

　　羅曼・英嘉敦（Roman Ingarden）曾經討論構成文學文本裡所呈現的世界的「具企圖的語句關聯詞」（intentional sentence correlatives），[43]沃夫根・艾澤（Wolfgang Iser）加以發展後指出

　　　　具企圖的關聯詞包含微妙的連結關係，單獨來看，並不如其陳述、聲明以及心得本身來的具體，然而此三者唯有透過它們的關聯詞的互動，才能真正包含任何意義。[44]

艾澤接著提出，句子不只包含僅僅一個陳述而已，「其目的超越實際陳述的事情」，文學文本裡的句子「總是暗示後文要發生的事情，其結構在其特定內容下已先預定了」。假如譯者只處理句子各自的特定意義，那麼必然得樹而失林。從上列英文翻譯的文本來看，那些句子看來是依照各自的字面意思來翻譯，而無視各句子構成之整體裡錯綜複雜的結構。用波波維奇的術語來談，英文版本呈現了幾個形態的**負面調整**（negative shift），包括：

　　(1) 信息的誤譯；

---

[43] 羅曼・英嘉敦（Roman Ingarden）。《文學之藝術作品》（*The Literary Work of Art*）。Evanston Ill.: The Northwestern University Press, 1973。

[44] 沃夫根・艾澤（Wolfgang Iser）。《預設讀者》（*The Implied Reader*）。Baltimore M.D. and London: The Johns Hopkins Press, 1974, p.277。

(2) 對原文做「次級詮釋」（subinterpretation）；

(3) 對「具企圖的關聯詞」之間的連結僅做表面的詮釋。

　　儘管我一開始說過，我企圖避免對個別譯本做價值判斷，看來我似乎已經偏離了原先的計劃。除此之外，只憑那些長篇巨作開頭幾句的翻譯裡出現**負面調整**（negative shift）便如此大加撻伐，也似乎有失公允。但是這裡不得不提出來談的重點是，儘管敘述分析自從施洛夫斯基（Shlovsky）早期的散文理論提出後已帶來巨大影響，但是許多讀者顯然還抱持著一個原則：由於小說是由可重述的素材內容所構成，因此小說可以直譯。關於詩歌的散文重述比不上原作，世人似乎已有共識，但對於散文作品的重述，世人則無。一次又一次，小說譯者費盡苦心譯出**可讀**的譯文，避免因為太貼近原文句法結構而造成矯揉造作的感覺，卻未能考慮到個別句子如何在整體結構裡發揮作用。這類失敗的例子，根本上就是閱讀未能透徹，我在此加以指出，我相信，與其說我想分享我對於個別譯者的努力的評價，不如說，我想指出這裡有個自成一門的翻譯領域，仍待更深入探索。

　　希烈・貝洛克[45]為散文譯者立下六條通用法則：

　　(1) 譯者不應當「步步為營」，不管是逐字或逐句，而應當「總是『段段為營』來處理作品」，貝洛克「段段為營」的意思是，譯者應當視全作品為整合的個體，要以段落為單位來翻譯，動筆前要問「這個段落有什麼整體意義需要傳達」。

　　(2) 譯者應當以**慣用說法翻譯慣用說法**，「成語的性質要求翻譯將它們轉變成與原文不同的形式」。貝洛克以一句希臘語的驚嘆語 By the Dog! 為例，若直譯成英文，則不過是逗趣而已，並建議 By

---

[45] 希烈・貝洛克（Hilaire Belloc）。《論翻譯》（*On Translation*）。Oxford: Clarendon Press, 1931。

God!〔表達意外之驚嘆語，原本是 I swear by God that ...，即「我敢對上帝發誓，……」〕其實意思更爲接近。同理，法文的歷史性現在式，在英文中必須譯成敘述性時態，也就是過去式，[46]而法文系統以不需回答的反問句方式來提出一個提議，便無法翻譯成英文，因爲英文中同樣的反問句沒有同樣的功能。

(3) 譯者必須「以用意翻譯用意」，並牢記「一個片語的用意，可能沒有這個片語的形式強烈，也可能更強烈」。貝洛克所指的「用意」，似乎是指某個說法在原文某特定環境裡會有的分量，若直譯成譯文的語言可能有失分寸。他引用了好幾個例子，有些例子在原文語言裡的分量遠強烈於譯文語言，有些則更加微弱，並指出翻譯「用意」時，常常必須添加原文所沒有的字眼，「以牽就自己語言裡的成語」。

(4) 貝洛克警告要小心「假朋友」，也就是兩種語言中，外表相似但含義卻不同的字詞或結構，例如法文的 *demander* 是「請求」，譯成英文應該是 *to ask*，若譯 *to demand*〔命令〕就錯了。

(5) 貝洛克還建議譯者「不妨放手去改」，他指出，翻譯活動的精髓就是「借本國之身，還異邦之魂」。

(6) 譯者絕不可添美增色。

貝洛克的六條法則既涵蓋技術，也涵蓋原則。他所考慮的事項優先順序也許略令人納悶，然而他的確強調譯者必須把散文文本視爲具整體結構的文本來看待，同時未忘譯文語言所要求的辭藻與句法亦十分要緊。他同意譯者對於原作負有道德責任，但認爲在翻譯過程中，譯者有權大改原文，好爲譯文讀者提供合乎譯文語言的修辭與成語常模的

---

[46] 即法文爲了製造逼真感或即時性，會以現在式來陳述顯然發生在過去的事情。但就中文而言，因爲字面不表時態，這些修辭法，嚴格說，恐怕都不可譯。最常發生的情況是，不譯則有遺漏之嫌，譯之有贅詞之責，另法處理更可能招致濫用譯權之毀。

譯本。

貝洛克的第一項，探討譯者需要「段段爲營」，此處所涉及的可能正是散文翻譯的核心問題：決定**翻譯單位**的困難。顯然易見，在最初的階段，主要單位是文本本身，它必須放在與其他文本的互動關係裡來理解（參見「第三章‧文學翻譯特有的問題」第94～95頁的文本互涉），以及某特定歷史背景下來處理。然而，詩人譯家可以容易地把文本本體分解成可譯的單位，例如詩行、詩句、詩節等，散文譯者面臨的是較爲複雜的任務。沒錯，許多小說已經分了章節，但是，如巴特（Barthes）以五種閱讀規範所顯示（參見 *S/Z*， T. 霍克斯〔Terence Hawkes〕在《結構主義與符號學》〔*Structuralism and Semiotics*〕中所討論），散文的結構構成方式，絕非其章節段落所呈現的直線發展模樣。然而，若譯者以句子或者段落爲最小單位來譯，不顧及它與全文整體的關係，結果有可能發生前面所引用的譯例的情況：只譯出文章的可見段落，其他一切都置之不顧了。

超越這個難題的辦法，同樣還是必須從文本本身及其內部所用手法的功能來尋找。假如席隆涅的譯者們有考慮其語調的功能，他們就能了解爲什麼開場段落裡精心建構的修辭模式需要更加細讀。同理，假如曼恩的讀者思考過那個年輕人與那趟旅途的描述兩者的功能，他們就能理解曼恩爲什麼會用那種風格的語言。每一個文本主體都包含一系列交織重疊的系統，每一個都對文本整體負有可確定的功能，了解這些功能爲何是譯者的要務。

翻譯俄文散文文本中的專有名詞，是歷代譯者視爲夢魘的難題，在此且舉個譯例加以探討。凱西‧波特（Cathy Porter）翻譯亞力珊卓‧柯隆泰（Alexandra Kollontai）的《工蜂之愛》（*Love of Worker Bees*）裡便加了註解，如下所示：

俄國姓名包括教名（即Christian）、父名以及姓氏。稱呼的習俗是教名再加父名，如 Vasilisa Dementevna 及 Maria Semenovna 等。教

名會有較親密的簡稱，委婉地表現關愛、低就或表示友善等的言外口吻。因此，例如 Vasilisa 變成 Vasya 或 Vasyuk，而 Vladimir 變成 Volodya、Volodka、Volodechka 或 Volya。[47]

譯者是恰如其分地解釋了俄國人的稱呼方法，但是這條註解對於實際閱讀並沒有什麼幫助，因為凱西·波特在譯文裡保留了所有姓名的變化形式，英文讀者往往在同一頁裡要面對多得分不清的名字，其實指的都是同一個角色。簡言之，原文語言系統的稱呼方法，雖搬進了譯文語言系統裡，卻只帶來混淆而阻礙閱讀。除此之外，如波瑞斯·烏斯本斯基（Boris Uspensky）不可多得的著作《寫作詩學》（*A Poetics of Composition*）[48]裡陳示，俄文中姓名的使用，可能表示**觀點的轉變**。因此討論《卡拉馬助夫兄弟們》（*The Brothers Karamazov*）時，烏斯本斯基說明，稱呼方法使書中人物在其他人物眼中以及敘述者眼中，如何顯示多重觀點。因此在翻譯的過程裡，譯者必須要考慮使用某個稱呼方式的功能是什麼，而非實際使用的那個稱呼。給英文讀者譯出某個名字的各種稱法，卻又未能明示它們個別的功能，其實沒有什麼意義，既然英文稱呼方法完全不同，譯者必須將它列入考慮，遵循貝洛克的名言，「以慣用說法翻譯慣用說法」。

　　原文語言中的系統，譯入語言若無對應系統，強行植入會發生問題，俄文專有名詞的翻譯就是一例。其他可能發生問題的情況，如作者運用他自己的方言形式，或者是原文語言裡特定地區或階級使用的區域性語言手法等。如勞勃·亞當斯（Robert Adams）半開玩笑的說法：

---

[47] 亞力珊卓·柯隆泰（Alexandra Kollontai）。《工蜂之愛》（*Love of Worker Bees*）。凱西·波特（Cathy Porter）譯。 London: Virage, 1977, p.226。

[48] 波瑞斯·烏斯本斯基（Boris Uspensky）。《寫作詩學》（ *A Poetics of Composition*）。Los Angeles: University of California Press, 1973。

巴黎不可能是倫敦或紐約，一定得是巴黎；我們的主角一定得是皮耶而非彼得；他喝的一定得是 aperitif〔開胃酒〕而非雞尾酒；抽的一定得是 Gauloises〔品牌名〕香菸，而非肯特牌香菸；他一定得走在 rue du Bac〔渡口路〕而非 Back Street〔後街〕。換言之，當人家介紹他與一位女士認識，他若以直譯法語〔即 Enchante, Madame〕說 I am enchanted, Madame〔我著迷了，夫人〕，聽來就是可笑。[49]

在等同議題的討論裡（參見「第一章‧核心議題」第24～31頁）顯示，任何對於原文、譯文語言能相同的期望都必須打折扣。因此譯者該做的事，首先是斷定原文語言系統的功能，然後在譯文語言系統裡找出能翻譯這個功能的說法。下列李維所提的問題，正是文學散文譯者所面對的核心問題：

每種不同類型的文學手法以及在不同文學類型裡保留它們，被賦予什麼程度的效用……？在不同文類的文學裡，語言標準與風格間的相對重要是什麼……？不同時代以及不同類型的文本的譯者在發表譯作時，對於觀眾的數量結構是什麼，都必然有什麼樣的讀者類別比重的假定呢？[50]

翻譯戲劇文本

就以特定文類為主題的翻譯研究來看，探討專屬於翻譯詩歌的問

---

[49] 勞勃‧亞當斯（Robert M. Adams）。《普羅提斯，他的謊言、他的實話》（*Proteus, His Lies, His Truth*）。New York: W.W. Norton, 1973, p.12。譯按：法文實際表達的意思是「幸會，夫人」。

[50] 李維（Jiří Levý）。〈翻譯為決策行為〉（"Translation as a Decision Process"）。《向羅曼‧雅各慎致敬III》（*To Honour Roman Jakobson III*）。The Hague: Mouton, 1967, pp.1171-82。

題之研究，可謂汗牛充棟，但劇場這個領域，相形之下仍是人跡罕至。幾乎沒有文獻探討翻譯戲劇文本會有的特有問題，而個別劇場譯者的論述，往往暗示翻譯過程中所用的方法，與對待散文文本無異。

　　這個問題即使僅僅略談皮毛，也必然會發現戲劇文本不能用翻譯散文文本的方法來處理。首先，劇場文本的讀法便不同。它是以**未成品**的方式來閱讀，而非面面俱到的成品，因爲其文本要到演出時，潛力才能完全實現。而這點帶給譯者一個核心問題：究竟該把文本純粹視爲文學文本來翻譯，抑或視之爲另一個更加複雜的系統裡的一個元素，而譯出這個元素的功能。正如劇場符號學所示，構成戲劇大觀裡諸多相互關聯的系統裡，語言系統只是其中一個選項。例如安妮・亞柏斯菲（Anne Ubersfeld）便指出，由於劇場由**文本**與**演出**的對話關係構成，因此兩者不可能分割，她也同時指出，由於人爲捏造兩者的區別，導致文學文本取得較高的地位。她認爲，文學文本享有至高無上的地位的結果，就是演出僅僅被視爲一次「翻譯」：

　　因此，導演的任務是把文本「翻譯成另一種語言」，而且對譯本「忠實」是他的主要責任。這個地位根據的是書面文本與其演出之間**語意等同**的概念；會遭更改的，只有杰姆斯列夫（Hjelmslevian）[51]的概念定義下的「表現模式」〔mode of expression〕；所表現的形式與內容，則從測試符號系統轉換爲演出符號系統時，完全保持不變。[52]

正如亞柏斯菲所示，這種態度的危險顯而易見。書面文本的崇高地位導致一個假設，戲劇文本僅僅只有一個**正確**的讀法，因此演出方式亦

---

[51] 即 Louis Trolle Hjelmslevian（1899-1965），丹麥語言暨符號學家。

[52] 安妮・亞柏斯菲（Anne Ubersfeld）。《閱讀劇場》（*Lire le théâtre*）。Paris: Éditions Sociales, 1978, pp.15-16。同時參見凱爾・耶蘭（Keir Elam）。《劇場與戲劇之符號學》（*Semiotics of Theatre and Drama*）。London: Methuen, pp.1980。

同，於是其譯者受既成典範的箝制，較詩歌或散文譯者更為嚴苛。除此之外，任何偏離，無論來自譯者或導演，都會遭到價值判斷，認為兩者的「翻譯」多少是遠離了正確的常模。對於劇場的概念，若未能接受書面文本與演出兩者有**無法分割的關聯**，都必然導致歧視任何可能玷汙文本純粹性的人。

　　除此之外，此書面文本在構成劇場的整個過程中，是一項功能性的元素，所被賦予的特性，異於僅供閱讀的書面文本。吉瑞‧維卓斯基（Jiří Veltrusky）已經陳示劇場的書面文本有一些獨特的特性，例如劇本中的對話，他指出，同時在時間與空間中展開，因此總是在語言以外的情境裡整合，包括說話者周遭的事物與說話者本身：

　　　　對白與語言以外的情境間的關係，緊張卻互補。情境往往為對白提供主題內容。此外，無論主題內容為何，情境以各種方式涉入對話，影響對白進展，帶來調整與逆轉，有時完全加以打斷。反過來看，對白一層層闡明情境，往往加以修飾，或甚至改造。各個意義〔meaning〕的單位在實際演出中各表現出什麼意涵〔sense〕，雖然要看語言的上下文，但同樣要看語言以外的情境。㊳

而對白的性質受節奏、聲調模式、音高及音量等所有元素界定，這一切都不是將文本隔離起來，僅以閱讀的角度來閱讀就能立刻顯現。羅勃‧卡瑞根（Robert Corrigan）那篇論供演出使用之翻譯的文章㊴，實屬難得，卡瑞根認為譯者必須**聽見**口白的聲音，並將語言伴隨的

㊳ 吉瑞‧維卓斯基（Jiří Veltrusky）。《戲劇文學》（*Drama as Literature*）。Lisse: Peter de Ridder Press, 1977, p.10。

㊴ 羅勃‧卡瑞根（Robert Corrigan）。〈給演員使的翻譯〉。收錄於W. 亞洛斯密（W. Arrowsmith）與 R. 夏塔克（R. Shattuck）合編之《翻譯之技巧與情境》（*The Craft and Context of Translation*）。Austin: University of Texas Press, 1961。

「肢體語言」以及伴隨書面台詞演說時產生的抑揚頓挫以及停頓等列入考慮。就這點而言，他近似彼得・柏嘉提列夫（Peter Bogatyrev）對劇場對話的概念。柏嘉提列夫討論劇場中語言系統對於整體感受的功能，他主張：

> 劇場中的語言表達是種符號結構，不僅僅是對話符號，也是其他種類的符號。比方說，劇場對話伴隨著演員的肢體動作，並以服裝、布景配合完成，其對話固然必定是角色社會地位的符號，但後三者也同樣全是。⑤

但是，假如劇場譯者面對的標準，還要加上「可演性」（play-ability）為先決條件，那麼他身為譯者必須做到的事，顯然異於其他種類文本的譯者。除此之外，譯者還必須有辦法掌握文本以外的額外象項這個概念，在在顯示文本與演出的概念並不相同，文字表現與實體表現的概念亦不相同。因此，往後的討論，必然要以下列假設為基礎才有道理：亦即，劇場文本由於是為演出而寫作，其結構包含可辨識的特色，使它具有演出的潛力，不局限於劇本中所附的舞台指導所指示的範圍。因此，譯者的職責是決定這些結構是什麼，並加以譯入譯文之中，儘管這表示必須在語言或風格的層面進行重大調整。

翻譯的可演性因為演出的概念不停變化而更加複雜。因此，當代莎士比亞劇本的演出，其製作所依據的，必然是莎士比亞時代以降，各相關要素發展累積的結果，包括演出風格、演出場地、觀眾扮演的角色、悲喜劇概念的演變等等。除此之外，演出風格與劇場的概念，在不同國家會有相當大的差異，這點又為譯者添加一項必須列入考慮的要素。

---

⑤ 彼得・柏嘉提列夫（Peter Bogatyrev）。〈劇場的符號〉（'Les signes du théâtre'）。《詩學》（Poètique）VIII, 1971, pp.517-30。

決定翻譯劇場文本之標準所牽涉的因素十分複雜，以下以翻譯法國古典劇作家哈辛（Racine）為例，這個議題向來爭論不斷。略翻過英文諸譯本，有一個重要的現象立刻浮現——各文本可能已經以單行本或者全集中之部分方式譯出。前者如約翰·梅斯菲（John Masefield）所譯的《艾絲特》（*Esther*）以及《巴蓮尼斯》（*Berenice*）；後者如 R. B. 鮑斯威（R. B. Boswell），他是拉辛的主要劇作的第一位譯者。這種差別立刻顯示一件事，有些譯本翻譯時有考慮到演出，有些則**沒有**這樣的明確前提。原則上，劇作家「全集」裡的劇本譯本，主要目的是服務閱讀大眾，因此直譯與文字上的忠實是主要標準。但是若要建構任何劇場翻譯的理論，便必須將柏嘉提列夫對語言表現的描述列入考慮，而翻譯語言這個元素時，也必須記得它對劇場對話的整體所負的「功能」。

劇場翻譯的困難所導致的批評有兩大類，一者攻訐譯筆太貼合原作字句，以至於難以搬演，一者則非難譯筆太自由發揮，以至於偏離原作。例如，許多考證繁瑣的英譯哈辛，恰可指證過度直譯的過失，但是捍衛劇場翻譯當有的「自由」，其困難卻不是如此顯而易見。我在一篇短文裡[56]，為了指出翻譯劇場文本的基本難題，我引用了一些翻譯調整的例子，其困難在於原文與譯文在**示意動作的模式形成方式**上有所差異，導致譯文中將原文的核心架構拆散。前文已提的班·貝立特（Ben Belitt）所譯的聶魯達（Neruda）的《華金·莫瑞耶塔之榮耀與死亡》（*Fulgor y Muerte de Joaquín Murieta*）（參見「第三章·文學翻譯特有的問題」第96頁）便是佳例，貝立特為了改變原文的意

---

[56] 蘇珊·巴斯奈特-麥奎爾（Susan Bassnett-McGuire）。〈翻譯空間的詩篇：劇場文本演出之研究〉（"Translating Spatial Poetry: An Examination of Theatre Texts in Performance,"）。收錄於詹姆斯 S. 荷蒙斯（James S. Holmes）、荷賽·藍伯特（José Lambert）、雷蒙·范·登·布洛克（Raymond van den Broeck）所合編的《文學與翻譯》（*Literature and Translation*）。Louvain: ACCO, 1978, pp.161-80。

識形態，過度強調了文字以外的標準——在他的序裡提到，他是指美國觀眾的各種期待。

我們只要挑出哈辛的《菲得荷》（*Phèdre*）開場第一句，*Le dessein en est pris; je pars, cher Théramène*〔原文直譯：主意拿定了，我走了，親愛的岱哈緬〕，一連串語意、句法、風格的難題立刻浮現，若再進而考慮法國古典劇場的傳統以及十七世紀法國觀眾與二十世紀英美觀眾之間的迥異，那更是難上加難。三位英文譯者處理此句的方式如下：

I have resolved, Theramenes, to go.（約翰・卡恩闊斯〔John Cairncross〕）

〔我下定決心了，佘拉明斯，要走。〕

No, no, my friend, we're off.（羅勃・洛威爾〔Robert Lowell〕）
〔不，不，我的朋友，我們走了。〕

No. No. I can't. I can't. How can I stay?（東尼・哈利森〔Tony Harrison〕）
〔不。不。我不能。我不能。我怎麼能留下？〕

三個譯本都譯出希珀萊提（Hippolyte）要離開的意志，前兩者把希珀萊提與他的朋友佘拉明斯（Théramène）〔即上文之岱哈緬，英法語發音有異〕的關係譯為關鍵因素，第三者則否。以文體的層面來看，第一、三譯本採取了一般作法，將法文六音步抑揚格譯為無韻體，因為在兩者各別的語言系統裡，皆把古典劇場的格律視為首要因素。但就劇場的角度來看，只有第二、三個譯本譯出法文文本「示意動作的隱含結構」，即語言中決定演員肢體動作模式的節奏。吉昂路易・巴侯（Jean-Louis Barrault）發現《菲德赫》的開場句，與

希珀萊提走位的節奏相符，好確保他在「佘拉明斯」那個名字上可以到位。[57]原文首行的前後兩段都顯示強調與意圖，並運用人名推至高潮。第二、三個英文譯本都企圖再造這個效果，所採用的手法如重複與修辭問句，兩者所譯的是原文陳述的用意並重現肢體動作的模式。簡而言之，翻譯的過程不僅包含在對話指涉層面上做原文到譯文的語言轉換，也包含轉換語言陳述在劇場對話其他構成符號之中的功能。

　　哈辛的《安卓瑪基》（*Andromache*）[58]第一個英文版本於1674年在英國上演，第二年發行的譯本裡附有致讀者信一封，署名約翰·克隆（John Crowne），一般認為他就是譯者。在信中，克隆花了許多工夫為翻譯致歉（聲稱譯本出自某位「年輕仕紳」的手筆），並解釋該劇的製作為何不成功。儘管克隆承認英文譯本沒有「詩韻」，但是那齣戲的失敗，他並未歸咎於翻譯，而是歸咎於觀眾的期待，怪他們僅習慣某特定劇場傳統，不願接受法國劇場傳統的「內斂簡約風格」。然而不到四十年之後，安柏洛斯·菲利普斯（Ambrose Phillips）所譯的《安卓瑪基》採用《焦急的母親》（*The Distres't Mother*）為劇名，卻大為成功，直到十八世紀末都是劇場的常備劇碼，女主角則皆由當紅女伶擔綱。這齣先前被批評不適合英國人品味的戲，菲利普利到底動了什麼手腳，讓它能如此轟動？

---

[57] 吉昂路易·巴侯（Jean-Louis Barrault）。《哈辛的菲德赫，演出與評論》（*Phèdre de Jean Racine, mise en scène et commentaires*）。Paris: Éditions du Seuil, 1946。

[58] 劇情基本上是個愛情連環，奧瑞提斯（希臘聯軍主將阿珈曼儂之子，他在抵達特洛伊前，弒母以報母殺其父之仇）愛上赫蜜奧妮（海倫與阿珈曼儂之弟的女兒，奧想要帶她回希臘），但赫愛上並將嫁給庇忍斯（阿基里斯之子），庇則愛上他所俘的安卓瑪基（海克特之妻，庇是其殺夫仇人之子），安則希望暫逃死劫的兒子能因她屈從庇的求婚而免死。劇終前，庇因復安之子為特洛伊城之王位被殺，赫因此自殺，奧則發瘋。

從某個角度來看，該劇絕大部分人物非死即瘋，似為悲劇無疑，但也未必沒有劫後得福的。若要以後者為重點，做喜劇收場，確實有以枝為幹的問題，但正如此處討論所提，觀眾普遍的價值觀為何，也是決定諸劇情線裡，孰枝孰幹的重要根據。

首先，菲利普斯大刀闊斧做了幾個修改：包括將幾處文本縮短，增加口白；還在第四幕及第五幕的末了，各加了好幾整場的戲，包括最後那一場，焦急的母親為歡樂結局做準備。以此觀點來處理哈辛的悲劇，招致許多批評家痛斥菲利普斯的翻譯枉顧譯者應有的分際，不過他在序裡，早已清清楚楚解釋他為什麼覺得有改編哈辛的必要：

假如敝譯還算能勉強追上哈辛先生的境界，並且在未偏離其本意下頻頻擅自另闢蹊徑來翻譯這位偉大詩人的手筆，那麼我為了將他所有作品搬上「英國」舞台所花的一切心血，我沒有理由不滿意。

菲利普斯的主要翻譯標準，看來有下列幾項：

(1) 可演性（playability）；
(2) 符不符合他那個時代的劇場傳統（當時的劇場因為教會的規矩以及社會禮節與品味的關係，連莎士比亞都難逃抽筋換骨）；
(3) 角色間的關係清不清楚。

菲利普斯明白，各個角色、場景以及對白之間精心的平衡安排乃原劇的基礎，到了英語裡全無作用，就算有，也只顯得冗長而斧鑿。在第一幕第一場裡，菲利普斯的譯法所依據的基礎便明顯可見。哈辛在第一場戲裡便為觀眾提供了跟上情節發展所需的所有基本資料（例如奧瑞斯提〔Oreste〕因赫蜜奧妮〔Hermione〕即將嫁給庇忍斯〔Pyrrhus〕而愛上她，而庇忍斯愛的則是特洛伊來的寡婦，安卓瑪基）。這場戲同時點出奧瑞斯提致命的激情，全劇將以它收場。奧瑞斯提的朋友，派勒迪（Pylade）的角色陪襯那段激情，提供了降溫的理性口吻。那場戲的平衡，便是靠這兩個不同類型的男性之間的關係來維繫。第一場戲這兩個功能，菲利普斯的翻譯都加以保留，但是他達成這種對照關係的作法，並非在文本表層的結構上追隨原作，而是

以劇場的角度來重建這場戲的深層結構。比方說，奧瑞斯提冗長的獨白便被截短，因為這種長度的獨白不存在於英國舞台的傳統裡；派勒迪則添了許多台詞，發展得更完整，成為朋友角色而不只是陪襯，因為英國舞台不太能接受僅負責傾聽主角吐訴的角色設計。以詹姆斯‧荷蒙斯的術語來說，菲利普斯建立了一個呼應的**等級系統**（*a hierarchy of correspondences*），[59]在那裡頭，書面文本是個可調整的元素，用來建造有生命的劇場。

二十世紀也有遵循類似標準的譯法，例如東尼‧哈里遜（Tony Harrison）所譯的《菲得荷》（*Phèdre*）[60]，即《不列顛之菲卓拉》（*Phaedra Brittanica*）。在這個翻譯裡，哈里遜遠離希臘，拋開眾神、命運、牛頭人身怪物——拋開產生菲德赫的整個神話宇宙，並以英屬殖民地印度取代，正如《菲得荷》一樣，處理兩個迥異的世界相遇的況狀——從殖民時期印度的觀點，看一個被詛咒家族的愛恨情仇

---

[59] 詹姆斯‧荷蒙斯（James S. Holmes）。〈描述文學翻譯：模型與方法〉（'Describing Literary Translations: Models and Methods'）。收錄於詹姆斯 S. 荷蒙斯（James S. Holmes）、荷賽‧藍伯特（José Lambert）、雷蒙‧范‧登‧布洛克（Raymond van den Broeck）所合編的《文學與翻譯》（*Literature and Translation*）。Louvaine: ACCO, 1978。

[60] 法文的 Phèdre 中的 -dre，語音較英語版的 -dra 柔軟，故以平音之「荷」取代之。
關此段提到母女三人的悲慘情史，大概如下：帕西菲伊原為克里特島米諾斯國王（Minos, King of Crete）之后，由於國王不肯將海神波塞頓送他的神牛回獻給海神，竟藏之而代以凡牛獻回，海神便施法讓帕后狂愛神牛，最後竟與該牛交媾，生下有名的牛頭人身怪，米納陶（Minatour）。此怪即著名的迷宮怪物，年噬雅典所獻之七童男七童女。後來雅典之希修斯王子為解民苦（希如何成為王子，又是另一個故事了），親來迷宮屠怪除害，受助於帕后之女，艾瑞雅妮公主（即本書譯本中之雅荷安），所授出宮祕訣而屠怪成功。艾助希是因維納斯施法使之狂愛後者之故，但希無愛她之心，故載艾回雅典路上，在一荒島停留，竟始亂終棄，將艾棄於島上，任其自生自滅（另一說為艾因病而歿於島上，無始亂終棄之事，或有一說，艾在島上為酒神所救等等）。
後來菲得荷嫁給希修斯，卻愛上希的兒子伊波利特，在一說中，菲因得不到伊回應，向希誑告遭伊強暴，導致父子反目，希下毒咒害死兒子，菲旋即後悔而自殺身亡。

和一個井然有序與理性的世界，於是兩個狀況類似的世界接觸，遙相呼應：英式秩序的世界在新脈絡裡手足無措，黑暗力量則由異國文化對殖民者的反抗來體現。因此在最後一幕裡，哈辛的菲德赫承認 *Le ciel mit dans mon sein une flamme funeste*〔上天在我胸中放入致命烈火〕，而哈里遜譯本裡的曼莎希布（Memsahib）則說 *India put dark passions in my breast*〔印度在我胸中貫注黑暗的激情〕。有個好方法可以呈現哈里遜的翻譯技巧，那就是比較他與羅勃‧洛威爾兩人如何翻譯伊儂妮（Oenone）（亦即哈里遜的艾雅（Ayah））發現菲德赫不可告人的激情那場戲：

哈辛原文：[61]

Oenone	Madame, au nom des pleurs que pour vous j'ai versés, Par vos faibles genoux que je tiens embrassés, Délivrez mon esprit de ce funeste doute.
Phèdre	Tu le veux. Lève toi.
Oenone	Parlez, je vous écoute.
Phèdre	Ciel! que lui vais-je dire, et par où commencer?
Oenone	Par de vaines frayeurs cessez de m'offenser.
Phèdre	O haine de Vénus! O fatale colère! Dans quels égarements l'amour jeta ma mère!
Oenone	Oublions-les, Madame; et qu'à tout l'avenir Un silence éternel cache ce souvenir.

[61] 這以下三段直譯，皆儘量保留原文之行勢。哈辛原詩為雙行連韻體，如聯對句進行一般；這段最後幾回對話，菲得荷實際上接伊儂妮的話，構成一句，如伊之「您愛的是？」接菲之「我愛的是我最憎恨的。」成為一行，而伊之「誰呢？」接菲之「你就要聽到最恐怖的事」，韻押在菲兩個部分之尾，故演出時兩人的對話必如珠連般精彩。直譯僅為讓各位看出翻譯所做之調整，不為演出，僅保留其意思，只好捨棄韻腳了。

Phèdre	Ariane, ma soeur, de quel amour blessée, Vous mourûtes aux bords où vous fûtes laissée!
Oenone	Que faites-vous, Madame? et quel mortel ennui Contre tout votre sang vous anime aujourd'hui?
Phèdre	Puisque Vénus le veut, de ce sang déplorable Je péris la dernière et la plus misérable.
Oenone	Aimez-vous?
Phèdre	De l'amour j'ai toutes les fureurs.
Oenone	Pour qui?
Phèdre	Tu vas ouïr le comble des horreurs. J'aime ... A ce nom fatal, je tremble, je frissonne, j'aime ...
Oenone	Qui?
Phèdre	Tu connais ce fils de l'Amazone, Ce prince si longtemps par moi-même opprimé?
Oenone	Hippolyte? Grands Dieux!
Phèdre	C'est toi qui l'a nommé.

法文原文直譯：

伊儂妮	夫人，看在我為您流的眼淚分上， 我跪在您虛弱的膝前， 有什麼愁雲慘霧都跟我說吧。
菲得荷	你想聽？起來。
伊儂妮	請說，我在聽。
菲得荷	上天啊！我要對祂說什麼，又要從何說起？
伊儂妮	驚慌無用，別再這樣凌遲我了。
菲得荷	噢！維納斯的恨！噢，致命的怒火！ 愛情把我母親捲入混亂！

伊儂妮	忘了那一切吧！夫人；為了未來， 用永恆的沉默把記憶埋藏吧。
菲得荷	雅荷安，吾姊，為愛所傷， 你被人拋棄在海岸，自生自滅！
伊儂妮	夫人，您是怎麼了？是無聊得發慌 今天專找自家人的麻煩？
菲得荷	都是維納斯的旨意，這悽慘的一家， 我是活得最久，也最悲慘。
伊儂妮	您愛的是？
菲得荷	我愛的是我最憎恨的。
伊儂妮	誰呢？
菲得荷	你就要聽到最恐怖的事， 我愛……這個要命的名字，我驚愕、我顫抖，我愛……
伊儂妮	誰？
菲得荷	你認識那個亞馬遜女人的兒子， 我多年來親手打壓的那個王子？
伊儂妮	伊波利特？我的老天爺呀！
菲得荷	這名字可是你說出來的哦。

哈里遜的譯本：

Ayah	(on her knees) Memsahib, by these tears that wet your dress rid ayah of her anguish, and confess.
Memsahib	(after a pause) You wish it? Then I will. Up, off your knees. (pause)
Ayah	Memsahib made her promise. Tell me. Please.
Memsahib	I don't know what to say. Or how to start. (pause)

Ayah	Tell me, Memsahib. You break my heart.
Memsahib	(sudden vehemence) Mother! Driven by the dark gods' spite beyond the frontiers of appetite. *A judge's* wife! Obscene! Bestialities Hindoos might sculpture on a temple frieze!
Ayah	Forget! Forget! The great wheel we are on turns all that horror to oblivion.
Memsahib	Sister! Abandoned . . . by him too . . . left behind . . . driven to drugs and drink . . . Out of her mind!
Ayah	Memsahib, no. Don't let black despair flail at your family. Forebear. Forebear.
Memsahib	It's India! Your cruel gods athirst for victims. Me the last and most accursed!
Ayah	(truth dawning) Not love?
Memsahib	Love. Like fever.
Ayah	Memsahib, whom?
Memsahib	Prepare to bear witness to the hand of doom. I love ... I love ... I love ... You know the one I seemed to hate so much ... the Rajput's son ...
Ayah	Thomas Theophilus? The half-breed! Shame!
Memsahib	I couldn't bring myself to speak his name.

艾雅	（跪著） 曼莎希布，你袍上的淚痕斑斑 就別讓艾雅心焦，告訴我實情。
曼莎希布	（停頓一會兒） 你想聽？那我就說。起來，別跪著。 （停頓）

艾雅	曼莎希布答應了。告訴我吧，請說。
曼莎希布	我不知道該說什麼。或該怎麼開始。（停頓）
艾雅	告訴我吧，看你這樣，我好難過。
曼莎希布	（暴怒起來） 母親！受眾邪神歹毒意圖驅使 踰越了慾望的疆界 虧你是法官的妻子！猥褻！獸慾！ 印度教說不定會把這刻進廟裡的浮雕！
艾雅	忘了吧、忘了吧！輪迴的大輪轉動 再恐怖的事情也都會遺忘。
曼莎希布	姊姊！我也被……他拋棄……置我於不顧 只好吸毒、酗酒……我瘋了
艾雅	曼莎希布，別這樣。別讓黑暗的絕望 折磨你的家人。祖先呀、祖先！
曼莎希布	這裡是印度！眾神渴望折磨 凡人。我是最不應當受這個罪的人，卻被詛咒的最深。
艾雅	（看出端倪） 不是愛情吧？
曼莎希布	是愛情。就像熱病。
艾雅	曼莎希布，對方是誰？
曼莎希布	你就等著看毀滅之神下手吧。 我愛……我愛……我愛……你認識那個人 我表面上恨他入骨……拉吉普的兒子……
艾雅	湯瑪士・提奧菲勒斯？那個混血兒？羞恥！
曼莎希布	我連他的名字都說不出口。

洛威爾的譯本：

Oenone	Ah Lady, I implore you by my tears, and by your suffering body. Heaven hears, and knows the truth already. Let me see.
Phaedra	Stand up.
Oenone	Your hesitation's killing me!
Phaedra	What can I tell you? How the gods reprove me!
Oenone	Speak!
Phaedra	Oh Venus, murdering Venus! love gored Pasiphaë with the bull.
Oenone	Forget your mother! When she died she paid her debt.
Phaedra	Oh Ariadne, Oh my Sister, lost for love of Theseus on that rocky coast.
Oenone	Lady, what nervous languor makes you rave against your family; they are in the grave.
Phaedra	Remorseless Aphrodite drives me. I, my race's last and worst love-victim, die.
Oenone	Are you in love?
Phaedra	I am with love!
Oenone	Who is he?
Phaedra	I'll tell you. Nothing love can do could equal. ... Nurse, I am in love. The shame kills me. I love the ... Do not ask his name.
Oenone	Who?
Phaedra	Nurse, you know my old loathing for the son of Theseus and the barbarous Amazon?

Oenone	Hippolytus! My God, oh my God!
Phaedra	You, not I, have named him.

伊儂妮	夫人，你的淚痕讓我也難過， 看你人都憔悴了。上天有眼， 早已知道真相。不妨告訴我吧。
菲卓拉	請起來。
伊儂妮	你這樣欲語還休真急死我了！
菲卓拉	我能跟你說什麼呢？眾神會譴責我！
伊儂妮	就說了吧！
菲卓拉	噢，愛神！嗜血的愛神！愛情竟讓帕西菲伊被公牛牴死。
伊儂妮	忘了 你的母親吧！她死時就償了罪孽。
菲卓拉	噢，艾瑞雅妮，我的姊姊，為了愛希修斯 被拋棄在那片岩岸。
伊儂妮	夫人，您真是精神不濟了， 就專找自家人來辱罵；他們都過世了呀！
菲卓拉	愛神全無悔意，不放過我。我， 我家族裡最後也最慘的一個愛情受害者，死吧！
伊儂妮	你在戀愛？
菲卓拉	只是單戀！
伊儂妮	那個人 是誰？
菲卓拉	讓我告訴你。愛情一點辦法也沒有 能比得上……奶媽，我愛他。羞恥 讓我心如刀割。他就是……別問他的名字。
伊儂妮	是誰？
菲卓拉	奶媽，你知道我素來厭惡希修斯的兒子，那個亞馬遜蠻族？

伊儂妮	希波利特斯？我的天！噢，我的天！
菲卓拉	是你， 不是我，提起他的。

　　顯而易見，哈里遜保留了原戲主要的動作，曼莎希布簡短但焦慮的陳述以及艾雅窮追直問所帶來的真相大白高潮；不過他以另一個指意系統來取代希臘背景，並且加長菲德赫的台詞讓意涵更明顯。曼莎希布不倫戀情的內涵也被更換；在哈里遜的劇本裡，她所犯的禁忌是跨越種族的藩籬，而非亂倫。然而這個譯本不曾踰越一個嚴謹的韻文結構，其型式讓人想起朱萊頓的詩而非常用來譯詩的無韻體。洛威爾的譯本亦採用同一文體但較不具彈性，哈里遜與他一比，「演出導向」的翻譯與「讀者導向」的翻譯之間的差異就更加清楚可見了。

　　洛威爾加長了哈辛的文本，因為他要解釋其神話背景，以免二十世紀的讀者不明白。對這場戲的平衡具更大影響的是，他給菲卓拉一連串台詞，裡頭語氣肯定的「我」被重重強調，而哈里遜貼著哈辛的做法，是讓曼莎希布的台詞，由她對其伙伴的直接陳述與她說出內心想法二者交織而成。洛威爾甚至給菲卓拉添了兩句台詞，「讓我告訴你」、「我愛他」。簡言之，乍看之下洛威爾也許在內容所用材料上更貼近哈辛，但是仔細比較後才發現，哈里遜儘管在用語上顯然異於原作，卻非常仔細譯出這場戲裡劇情的推展。

　　就劇場翻譯而言，不但有文學文本翻譯的困難，還另添新的層面，因為譯本只是整體劇場語言裡的一個元素而已。書寫戲劇文本所用的語言，只是做為塔都斯‧郭桑（Thadeus Kowzan）所稱的「聽覺符號」（auditive signs）與「視覺符號」（visual signs）網絡[62]裡的一個符號而已。而且，由於戲劇文本是為說唸而寫，這種文學文本包含

---

[62] 塔都斯‧郭桑（Tadeusz Kowzan）。《文學與演出》（*Littérature et Spectacle*）。The Hague and Paris: Mouton, 1975。

一組「副語言系統」（paralinguistic systems），其音高、抑揚頓挫、口白速度、口音等等，全是表意符號（signifiers）。此外，戲劇文本的內在還包含一個「底層文本」（undertext），也就是我們所稱的「表意動作文本」（gestural text），這個部分決定演員在說出台詞可以做什麼動作。因此，演員的表現不只包含語言的上下文，也包含編織到語言內的表意動作模式，譯者如果忽略純粹文學的部分以外這許多系統，極可能譯得荒腔走板。㊿

　　正如本書所討論其他類型的翻譯，核心議題再一次又是有關所譯文本的功能。劇場的諸多功能，有一項是在非純粹語言的幾個層面上進行，觀眾扮演的是公眾層面的角色，這點與個別讀者有所不同，後者與文本的接觸純屬私人事件。因此劇場譯者關切的核心，是文本的層面與演出相關的層面以及文本與觀眾間的關係，我認為這點應該不僅足以支持菲利普斯或哈里遜對哈辛的原文所作的修改，更說明譯者必須具備的觀念是，劇場文本是為演出而寫，也只是演出的一個部分而已。

㊿ 有一點必須注意，文本中的動作指導與舞台指導截然不同。然而近來的戲劇文本符號學的研究已經顯示，有一個情況下，某些劇作家（例如皮藍得羅〔Pirandello〕、蕭〔Shaw〕、威斯克〔Wesker〕）的舞台指導可視為「敘事」的單位（units of *narrative*），那就是其指導裡有獨特可識的說話者。

二十一世紀的翻譯

在第一版的結論裡，我指出還有廣大題材尚未提及。例如，我便未能提及機器翻譯的重大發展，它不但讓語言學開步邁進，而那些進步也反過來讓自己受益。電影翻譯的問題錯綜複雜；由於觀眾將焦點集中在演員嘴脣的活動，其翻譯過程還包括運動-視覺元素；而且，還有相關的字幕製作，它更須融合閱讀速度、替換說法、摘取要點等元素；這一切都尚待研究，或者還有一件更重要的事，也亟待有人投入：口語翻譯，即口譯，這個大議題。這些缺口在第四版依然顯而易見，但如我大聲疾呼，科技的進步讓翻譯實務日新月異、改頭換面，其程度讓我覺得，如今時機已然成熟，該是讓這數位時代裡的翻譯，在這些層面的成就上，發展它們專屬於自己的理論。它們已經有自己的術語系統，所面對的翻譯議題，也迥異於文學譯者與理論家。同樣必須注意的是，口譯研究一度只被視為翻譯研究的窮親戚，隨著新型媒體溝通網絡成長，也卓然有成。例如許多國家的電視新聞譯者，同時進行筆譯與口譯，可能同時綜合許多資料來源，為播報編製口述文本。[1] 曾有一度，爭論的焦點在於拉近口譯研究與羽翼成熟的翻譯研究這個領域的連結，如今，那些連結也許應該轉而跟另一個新興領域建立才對，那個領域可籠統稱之為「視聽翻譯研究」（Audiovisual Translation Studies）。本書的主旨在於讓讀者熟悉最廣受討論的翻譯問題，至今那些討論主要涉及的對象為書寫文本，因此本書重點也就放在文學翻譯。亙古恆今所問的問題是，譯者帶著文本跨越語言藩籬時，到底能享有多少自由；今天，雙重文化的重要性受到更多認同，

---

[1] 請參讀 Claire Tsai 的文章，談她在台灣身為電視台新聞譯者的經驗。"Inside the Television in Taiwan," in Susan Bassnett (ed.), *Global News Translation*, Special Issue of *Language and Intercultural Communication*, Vol. 5:2, 2005, pp. 145-53。

這個自由擴大了。如前展示，翻譯態度隨時代推移而演變，構成忠實翻譯的概念也代代迥別，而翻譯也跟著演變的主導常模與期望而調整。如今世人更看清，不同語言與文化間不平等的權力關係，對譯者所扮演的角色，也有更多體諒。

　　如今修訂這本精簡的入門書時，引起我興趣的，是想到翻譯研究兩個迥異的分支，如今似乎以創意十足的方式匯合。功能主義學派的觀點賦予非文學譯者自由，可以為了譯出文本撰寫的基本目的，做任何他們認為合宜的調整。起初這點似乎與文學譯者沾不上邊，然而兩者在一個概念下匯合了：譯者應該要求更高的可見度，其「重寫作家」的身分受到承認，因為譯者所創造的文本，本來是以另一種語言寫成。這點當然是龐德在一個世紀以前所做的事。譯者身為他人創作文本的重寫作家，一旦受到承認，若再要限制這位重寫作家依其判斷、想法來重塑原文文本的自由，豈不荒謬？功能主義學派的觀點，可謂是及時相扶的手，讓譯者為重寫作者的概念確立。

翻譯即延續

　　德國猶太裔學者華特・班雅閔（1882-1940）的一篇文章〈譯者的職責〉（"Die Aufgabe des Übersetzers"〔The Task of the Translator〕），是翻譯研究的關鍵文獻之一。這篇文章是他的波特萊爾詩集《巴黎浮世繪》（*Tableaux Parisiens*〔Paris Scenes〕）[2]譯本的引言，1923年出版於海德堡，當年他才三十一歲。1968年首度被譯為英文，漸漸受到肯定並登上今天的重要地位，此外班氏又受到解構主義

---

[2] 本詩集於波氏巨作惡之華第二版時（1861）加入，成為其第二章，共有十八首詩，以一天的時間為循環，始於〈太陽〉，終於〈晨曦〉。其時巴黎正逢拿破崙三世命喬治・尤金・浩斯曼（Georte Eugène Haussmann）改新重建，舊巴黎在詩人眼前流失殆盡，詩作表現出詩人對新巴黎整潔無趣的極度疏離。

評論家的重新發現，其中最重要的便是賈克‧德希達。1985年德氏在他文章〈巴別諸塔〉（"Des Tours de Babel"）中，借用了班氏的概念，即翻譯是為了確保生存：

> 由於譯本在原作之後才出現，也由於重要著作在創作之初，其注定之譯者為誰尚不可知，譯本有個特質，它是原作的生存舞台。

班雅閔的論點是，翻譯本質就是未來導向，因為它確保某個文本的流傳，這點一直對翻譯學術與實務都影響深遠。如今廣為認清的事實是，若無翻譯，無數文本我們早就失去了。許多世上最偉大的文學作品，如古代希臘的史詩與劇作、古代美索布達米亞的《吉佳美史詩》（*Epic of Gilgamesh*）③、梵文的《摩訶婆羅多》（*Mahabharata*）④、古典中文詩歌，這一切以如今不再通用的語言所寫的作品，若無人譯出，我們便無緣一見。因此翻譯將一部作品帶給新一代的讀者，確保其延續。

　　班氏另一個形而上的概念，同樣影響深遠，即唯有翻譯能呈現他所謂的統合所有語言的「純語」（pure language），它可能隱藏在各個語言之中（這個概念自然已常受到討論）。譯者的職責，是找出自

---

③ 美索不達米亞地區蘇美人之古史詩，成於西元前二千多年，咸認為是人類最早的文學長篇巨作。內容描述吉佳美王之生平，前半段為眾神創造野人安基杜（Enkidu）起而對抗暴君吉佳美，兩人不打不相識，竟結為摯友並共同出征掃蕩妖魔。第二段則為安基杜之死，讓吉佳美進行另一段險境環生的旅程，探索永生的奧祕。其內容有多處與希伯來聖經呼應，如大洪水、伊甸園等。

④ 古印度史詩，源於約西元前三世紀，今見定本應成於西元三至五世紀。據傳為毗耶娑（原文vyāsa 直譯為「編輯者」）所著，但此人並無史料可查。故事以俱盧之野大戰前因後果為背景，描述被放逐與在位的俱盧（Kaurava）與班度（Pandava）兩個同宗家族諸王子爭奪王位的故事。最後勝敗雙方都幾乎滅絕，英勇善良者升天為神，留下一人承接大位。書中內容豐富，有如印度文化之百科全書，影響南亞文化甚廣。

己語言裡的潛藏結構，此結構能喚醒原語的迴響。⑤班氏這個發揚作品生命的翻譯觀，在世界各地討論翻譯的文章中一再出現，創作這些文章的翻譯導師各有迥異背景，例如墨西哥裔諾貝爾文學獎得主奧大維歐・帕茲、巴西「同類相食」（cannibal）理論學者暨翻譯家亞古斯多・得・坎坡斯及哈洛多・得・坎坡斯以及印度翻譯家暨後現代作家蓋亞崔・查拉弗地・史畢伐克。

　　翻譯即生存的想法，也同樣包含在其他偉大翻譯家的論述裡。愛爾蘭裔諾貝爾文學獎得主西莫斯・黑尼（Seamus Heaney），在他所譯的盎格魯撒克遜史詩《貝奧武夫》（*Beowulf*）的引言裡提到，他在自己的語言追尋一個潛藏結構，他運用了音樂的比喻說：

　　　　尋找文字在詞彙層面上的意義，並感受其格律會有什麼效果是一回事，但是要找到一柄調音叉，好讓你統整作品全體的音樂裡的音調與音準，那完全是另一回事。⑥

　　黑尼的譯本出版後不久，即登上英國與愛爾蘭的暢銷書排行榜。才兩年之前，英國桂冠詩人泰德・修伍（Ted Hughes）所譯之奧維德的《變形記》（*Metamorphoses*）⑦，譯本名為《來自奧維德的故事》（*Tales from Ovid*），也同樣登上暢銷書排行榜。英國文化向來有排斥翻譯作品的惡名，這兩部遠古詩歌作品竟能在此找到不少知

---

⑤ Walter Benjamin, "The Task of the Translator," transl. James Hynd and E. M. Valk, in Daniel Weissbort and Astraudur Eysteinsson (eds), *Translation—Theory and Practice: A Historical Reader* (Oxford: Oxford University Press, 2006), pp. 298-307.

⑥ Seamus Heaney, *Beowulf* (London: Faber, 1999), p. xxvi.

⑦ 為一連串以變形轉化為主題的故事連結而成的長篇詩作，從世界起源的故事開始，全作共十五部，包含兩百五十段長短不一的敘事。許多千年來膾炙人口的著名故事，如黛芬妮化為桂樹、自戀美男子望影化水仙花等，都來自此作，或以奧維德的版本流傳最久最廣。

音，這顯示英語在接受翻譯作品這方面，已踏出劃時代的一小步。

　　修伍為譯本所取的書名，顯示他如何以奧維德為出發點，創作新故事。從這個角度來看，他的譯本顯示一個成長中的趨勢：作家從以前的作品中汲取創意靈感。古典學學者史迪芬‧哈里遜（Stephen Harrison）更跨一大步說，當代眾詩人如今取材於古代作品，「其精神與其說是致敬，不如說是乞靈。」[8]哈里遜視此趨勢，是翻譯重燃對古代世界的興趣，因為伴隨此成長的，是大學或學校裡修習希臘文或拉丁文的人數持續下降的趨勢。他這個假說的佐證，不只是出版品裡相關書目增加，連劇場界製作來自古代世界的劇作數目也增加。

翻譯即接觸地帶

　　自從本書初版問世以來，世人看待翻譯的觀點已有其他重要改變。1980年代，比較文學似乎身陷危機。這個跨領域學門的核心，應該是對翻譯的研究。然而翻譯卻被排擠到邊緣，而新興的學門如翻譯研究、後殖民研究以及性別研究則遭到忽略。到了2000年，情勢已到無以復加的地步，以至於蓋亞崔‧查拉弗地‧史畢伐克在加州大學艾文分校發表一系列演說，三年後集結出版成書，名曰《一個學門之死》（Death of a Discipline）。[9]然而，今日情況正在變化當中，史畢伐克曾呼籲，要提高感受世界文學裡全球語言文化差異之階級結構，當年還是個新興學門，如今似乎開始獲得回應。此回應背後的驅動力，是認清了翻譯對全球性溝通具有絕對的重要，並承認在全球化的世界裡，單一語言主義與單一文化主義所帶來的災難。

　　艾美莉‧亞普特（Emily Apter）的著作，《翻譯地帶：一個新

---

[8] Stephen Harrison (ed.), *Living Classics: Greece and Rome in Contemporary Poetry in English* (Oxford: Oxford University Press, 2009), p.15.

[9] Gayatri Chakravorty Spivak, *Death of a Discipline* (New York: Colombia University Press, 2003).

的比較文學》（*The Translation Zone: A New Comparative Literature*, 2006），便是連結下列學門的新介面的例子：翻譯研究、外語學習、比較文學以及後殖民研究。亞普特的地帶是理論性的第三空間，目前尚不存在。她在引言中解釋，這本書剛動筆時恰遭逢911事件的後續發展，美國境內有個情勢此時忽然凸顯出來：對於通曉阿富汗語及具備中東知識的優良譯者，有迫切的政治需求。她批評美國的單一語言主義，並立下大志要發展思考翻譯與比較文學的新方法。她提出：

　　想像一個場域裡，語文歷史與全球化、關達那摩灣（Guantanamo Bay）、戰爭與和平、網際網路與「網路英文」（Netlish）、世上其他地區各式各樣的英語等這一切連結在一起，更別說還有複製與電腦模擬的「各種語言」。想像翻譯活動導致規模恢宏的文學與社會分析必須進行，於是翻譯成為人類協調過去與未來的溝通科技之方法的統稱，其範疇在調整變動的同時，語言本身也跟著產生文化性及政治性的轉變。[10]

亞普特與其他數位學者，一方面想辦法擴展翻譯研究的規模，另一方面也把有關翻譯的更系統化之思考方式，引進其他學門。雪莉·賽門在《翻譯中的城市：語言與記憶的交會》（*Cities in Translation: Intersections of Language and Memory*, 2012）這類書中，觀察這些城市裡，多語環境激勵人與人之間進行具創意的互動；麥克·克隆寧所著的《翻譯與身分認同》（*Translation and Identity*, 2006）認為，翻譯對於了解文化如何在時間與空間裡演進至為重要，在這移民全球化的時代，尤其如此。艾德溫·甘茲勒（Edwin Gentzler）所著的《美洲的翻譯與身分認同》（*Translation and Identity in the Americas*,

---

[10] Emily Apter, *The Translation Zone: A New Comparative Literature* (Princeton, N.J.: Princeton University Press, 2006), p. 11.

2008）的書名有個副標題，《翻譯研究的新方向》（*New Directions in Translation Theory*）。甘茲勒聲稱，翻譯「已深浸美洲居民的心靈」，並提議翻譯研究應當擴大納入翻譯的社會與心理層面。

前進未來

隨著翻譯研究演進，非歐語系的學者也開始對此學門有重大貢獻，主要是質疑以西方脈絡發展出來的模型的效度。例如在中國，有個爭論方興未艾：西方翻譯研究的潮流，如複系統理論，其用處何在，質疑西方發展出來的理論，要如何（姑且先假定可以）嵌入歷史悠久的中文理論傳統裡。王寧[11]指出，目前英語為主流語言，許多中文的研究成果在中國以外便罕為人知，除非以英文在英文期刊刊出，於是讓世人的印象遭到扭曲，以為西方翻譯理論放諸四海皆準。[12]哈里希‧屈菲迪（Harish Trivedi）[13]也提出類似的看法，因為印度自身也有悠久的翻譯理論傳統。他特別以梵文中「翻譯」這個字 *anuvad* 來探討，這個字目前在印度各地方言裡也都沿用未變：*anuvad* 字面的意思是「跟著說」，或者「重述、模仿」，他又補充，*anuvad* 的底蘊的比喻屬時間性質——跟著說、重述——而非英文／拉丁文裡的翻譯 translation 一字屬於空間比喻——即運送過來。[14]

我們必須了解不同文化中翻譯研究的歷史。第一優先要務是，累積更多有關翻譯概念演變的文獻與資料；而且建立跨國合作團隊來研

---

[11] 北京清華大學外國語言文學系教授，專長在翻譯研究、比較文學及其他領域。

[12] Wang Ning, "On Cultural Translation: A Postcolonial Perspective," in Wang Ning and Sun Yifeng (eds), *Translation, Globalisation and Localisation: A Chinese Perspective* (Clevedon: Multilingual Matters, 2008), pp. 75-87.

[13] 印度德里大學英語系教授，專長在翻譯研究、後殖民主義等。

[14] Harish Trivedi, "Introduction," in Susan Bassnett and Harish Trivedi (eds), *Postcolonial Translation: Theory and Practice* (London and New York: Routledge, 1999), p. 9.

究翻譯史，似乎是合情合理的事。更加了解翻譯研究變化不斷的容貌與翻譯文本高低波動的地位以後，當我們自己的脈絡裡出現問題，我們才能更有辦法應付，並認清一招無法闖遍天下。在西方，我們依舊為「模仿」[⑮]焦慮；我們依舊在運用「改編」一詞來標示似譯而非譯之間的「翻譯」。也許採用「重寫」做為術語可以解決問題，但事實恐怕不然。真正需要的是，以更開闊、更包容的態度，來建構翻譯及其後續發展的概念架構。

　　文學翻譯領域裡，尚待進行的工作亦極其明顯。劇場翻譯仍欠缺全面性的研究，演出這個層面更須加重關切；此外，散文翻譯特有的問題，也仍待思考。詩歌翻譯的方法論問題，仍須持續研究並拓展，各種類型的文學翻譯的討論，若能把翻譯歐美以外地區的文本納入考量，也會大有進展。古代文本的翻譯書目日益增加，也是另一個未開發的沃土，正如哈里遜所認為，它們不是對原文文本的致敬，而是以新精神加以化用。另一個新獲關注的領域是自我翻譯，即作家以另一種語言重寫自己的作品。這些翻譯研究裡的潮流所顯示的是，儘管對原文與譯文的文化層面已更加留心，同時對於文本的型式特性與譯者在實務上所採取的翻譯策略，也有更多的認同。

　　新聞翻譯與政治對話的翻譯，同樣也成為探索的對象，在這方面，功能導向理論、不同文化脈絡的意涵以及細部文本分析三者的介面，也是研究新領域。

　　在羅列尚待探索的領域時，有兩個關鍵要點不能遺漏：一者是這個學門在短時間內已有長足發展，二者是學術與實務的互動關係仍是主導力量。羅曼‧雅各慎在討論翻譯的複雜時，為一事感嘆：

[⑮] 即imitation。西方自古希臘起，在藝術與真理之關係的探討裡，模仿之說一直處於核心位置。柏拉圖認為詩人無用，該被逐出理想國，因為在柏氏的想法裡，真理來自神，形諸於世間已是一次複製，詩人再描述世間百態，更不過是複製的複製，乖離真理遠矣，要他何用？在翻譯領域裡，順理成章套用在原作與譯作的關係上。

　　翻譯理論與實務兩方都各有其錯綜複雜的一面，每隔一陣子便有人武斷主張翻譯不可能，企圖把難題像亞力山大大帝斬斷果帝亞斯之結[16]那樣快刀斬亂麻。[17]

一點都沒錯，這種「信念」不但通常用來主張翻譯不可能，也用來主張翻譯研究不可能；其立論基礎是，還有什麼能比「創作之靈」從一種語言轉化成另一種語言的過程更為幽微奧妙，因此無法探討。然而，儘管這類信念存在，譯者還是持續翻譯；在這樣的前提下，業已長足拓展的翻譯研究，如今能讓任何遇到翻譯難題的人加入，以超越實務、實驗的層次，走向更學術嚴謹而跨學門合作的對談。

---

[16] 即 the Gordian Knot。此結傳說源自今日土耳其中部、安那托力亞高原之古國菲瑞吉亞（Phrygia）。在遠古，該國曾經一度陷入無主的困境，先知得到當地崇拜的神祇薩巴吉奧（Sabazios）（希臘人則將祂視為宙斯化身）的神諭，宣布下一位乘牛車進城的人將是一下位國王，有位窮農夫果帝亞斯（Gordias）碰巧此時乘牛車進城，天神又顯另一徵兆肯定，一隻老鷹從天而降，停在車上（老鷹亦是象徵宙斯的鳥類）。其子米達斯（Midas）為表達對神的感激，便將牛車獻給天神，繫在神殿之前。由於繫車之結打得極為緊密繁複，一直到公元前333年亞歷山大大帝路過之前，無人能解開。大帝端詳片刻便揮劍斷之，當場雷聲大作，先知解諭：宙斯（本為雷霆之神）十分賞視大帝的果斷，允諾一連串的勝利。

[17] 羅曼·雅各慎（Roman Jakobson）。〈論翻譯的語言學層面〉（'On Linguistic Aspects of Translation'）。收錄於R.A. 布勞爾（R.A. Brower）編。《論翻譯》（*On Translation*）。Cambridge, Mass.: Harvard University Press, 1959, p.234。

索 引

【英漢對照】

【漢英對照】

國家圖書館出版品預行編目資料

翻譯研究／Susan Bassnett著；林為正譯. —
初版. — 臺北市：五南, 2016.05
　　面；　公分
譯自：Translation studies
ISBN 978-957-11-8584-2（平裝）

1. 翻譯

811.7　　　　　　　　　　　105004999

1XOI

翻譯研究

作　　　者 — Susan Bassnett

譯　　　者 — 林為正

發 行 人 — 楊榮川

總 編 輯 — 王翠華

主　　　編 — 朱曉蘋

責任編輯 — 吳雨潔

封面設計 — 陳翰陞

出 版 者 — 五南圖書出版股份有限公司

地　　　址：106台北市大安區和平東路二段339號4樓

電　　　話：(02)2705-5066　　傳　　　真：(02)2706-6100

網　　　址：http://www.wunan.com.tw

電子郵件：wunan@wunan.com.tw

劃撥帳號：01068953

戶　　　名：五南圖書出版股份有限公司

法律顧問　林勝安律師事務所　林勝安律師

出版日期　2016年5月初版一刷

定　　　價　新臺幣300元